这是疫情发生初期的一段爱情故事……

刘晓东 著

最后的舞蹈

>>>>>>>>>>

SPM 南方出版传媒 花城出版社

中国·广州

图书在版编目（CIP）数据

最后的舞蹈 / 刘晓东著. —— 广州 : 花城出版社，
2020.7（2020.9重印）
ISBN 978-7-5360-9184-9

Ⅰ. ①最… Ⅱ. ①刘… Ⅲ. ①长篇小说－中国－当代
Ⅳ. ①I247.5

中国版本图书馆CIP数据核字(2020)第122390号

出 版 人：肖延兵
策划编辑：程士庆
责任编辑：李 谓　曹玛丽
技术编辑：薛伟民　凌春梅
装帧设计：百悦兰棠
　　　　　[BAIYUE LANTANG]

书　　名　最后的舞蹈
　　　　　ZUIHOU DE WUDAO
出版发行　花城出版社
　　　　　（广州市环市东路水荫路 11 号）
经　　销　全国新华书店
印　　刷　佛山市迎高彩印有限公司
　　　　　（佛山市顺德区陈村镇广隆工业区兴业七路 9 号）
开　　本　880 毫米 × 1230 毫米　32 开
印　　张　7　1 插页
字　　数　150,000 字
版　　次　2020 年 7 月第 1 版　2020 年 9 月第 2 次印刷
定　　价　42.00 元

如发现印装质量问题，请直接与印刷厂联系调换。
购书热线：020-37604658　37602954
花城出版社网站：http://www.fcph.com.cn

谨以此书献给敬爱的向思荣老师！

一

　　江城的秋天十分美，暑热还没过，江上一阵爽爽的风吹过来，沿江道树上的金黄的叶子纷纷飘落，掉到地上，打着旋儿，像极了乡下姥姥抖动簸箕上的荷叶屑片，在地上一起往一个方向移动，沙沙作响。

　　这是一个周末的午后，蓝枫极其无聊，一周工作五天，有三天实质性的忙碌就不错了，大部分时间都是瞎晃悠。这天他在家看了半天电影，又听了会儿音乐，外面热得不行，闷在家里实在无趣得很。

　　投资行业就是这样：有的人闲得不行，玩着玩着就把钱赚了；有的人则白加黑，五加二，一天到晚像陀螺一样转，市场稍微有点波动，立马就倾家荡产，完全经不起一点风浪。在当下中国市场上，实业如果不跟资本衔接，基本上都缺乏强大的推力；但如果跟资本没有衔接好，或者衔接存在巨大漏洞，玩不转破产也就是必然的。

　　蓝枫属于前者，他的投资哲学是，资本就是个游戏，

要做游戏的设计者和规则制定者，绝不做游戏的参与者，参与别人的游戏，既缺乏基本兜底保障，也没办法做风险控制设计，所以投资的活儿能干就干，不能干就扯淡，宁可胡吹海喝，打发无聊的时光，也不干冒风险的事情。

"不知李成这胖子今天在干啥，好几天没去他那里了，反正无聊，不如找他玩去。"蓝枫心里琢磨着。

李成是蓝枫高中同学，也是小时候的玩伴，混到北京上了个传媒大学，又混到江城艺术学院教书。那里还有两个老师，岳亚斌和廖敬东，也和李成臭味相投，蓝枫每次去，不是吃五喝六地喝酒，就是聚堆打牌。这个周末热得很，外面阳光正烈，热得知了在树上一阵一阵地叫。

蓝枫开车来到江城艺术学院，门口的保安老头儿热得不敢出门，门框上的油漆被太阳晒得软塌塌的，用手一摸就会粘上。蓝枫打开车窗吹了声口哨，老头在窗口看看是经常来玩的蓝枫，努努嘴让他进去了，蓝枫找了块树荫把车停好，径直向后面的教师宿舍走过去。他来找李成，不用事先打电话预约，这么鬼热的天气，胖墩墩的李成哪敢出门！不烤焦他才怪！

在经过学院排练厅时，一阵缓慢悠长的音乐很是吸引蓝枫。他走进去，发现一个身着民族长裙的女孩正在那里翩翩起舞，舞姿像孔雀，又像飞着的黄鹤，身材极其纤细柔软，似乎表达着一种文化符号，又说不清楚是什么，让完全不懂舞蹈的蓝枫眼睛有些发直。漂亮女孩他见了不少，每任女友相比之下，都不逊色，但跟眼前这个女孩相比，则完全不在一个档次啊。

等到一曲罢，蓝枫厚着脸皮大大咧咧地上去搭讪，谁知那女孩瞪了一眼，根本不理他，转身收拾衣服，顺手扯过一条毛巾，擦着汗走了，让蓝枫很是尴尬。

来到李成家，李成就穿条裤衩子，家里的空调即使呜呜作响，也挡不住李成身上的汗如小河一样地流，他正用茶匙挖着半边冰冻西瓜在吃，嘴角还沾着瓜瓢屑和几粒西瓜子。

蓝枫不等李成跟他打招呼，直截开口就问："我看你们学院排练厅有个女孩在练舞，都不怕热的，那是谁呀？"

李成脑子转了一下："这么老热的天，我也不太清楚哪个茗皮会去排练厅，再说舞蹈专业的女孩那么多，哪个会在休息时间一个人去练舞呢？"

看蓝枫火急火燎的样子，李成心里反而有些不乐意了："你个苕皮，老子热得汗都炸出来了！你还想着撩骚，刚才岳亚斌和廖敬东两个憨皮还打电话要老子赶紧凑人数，你来了正好！"

李成其实是不想理蓝枫这个苕，自己好歹是个艺术学院的教师，蓝枫隔三岔五地换女友，这十多年，他见过的也有四五个了，如果蓝枫只是跟自己学生玩玩，那岂不是害了人家？搞不好后面的麻烦事一堆，去医院妇产科签字领人也不是不可能啊，他可不想帮蓝枫擦屁股。

"我们学院的女孩个个都是祖国的花朵，老子是江城艺术学院的镇院守护神，哪能让你这头野兽乱踩踏？我不认识，我只认识东风幺鸡碰赖子加开杠，赶紧地，我约他们俩过来开战，老子要把前些日子输的钱扳回本！"

蓝枫见李成搪塞着打电话约其他两个老师过来，知道李成不太想帮忙，但他今天一点都不想打牌了。

蓝枫从钱包直接甩出1000元，扔到桌上："不打牌了，今晚我请客。"

李成扭头一看，撇嘴哼了一下："区区一点散碎银两就想收买品格高洁的守护神？笑话！老子上次输得比这个还多。"

啪，蓝枫又抽出一大沓钱扔到桌面："浪翻天夜总会，今晚我请！"

"哟嗬，下手蛮狠啊，看来这次泡妞要下血本啊。"李成走过来，伸手拿过桌面上的钱，差不多一万，吃完泡K也就顶多5000元打住了。

"不过我真的不知道这个时候谁会去排练厅，舞蹈专业的女孩个个都漂亮得不行，我看到了也不一定分得清啊。"

蓝枫心里有些沮丧，他转身想出去再找找看，看能否在校园偶尔碰到。刚才这个女孩瞪他一眼的时候，那严峻的眼神像闪电一样划过他的心头，让他有些寒战和胆怯，这是他从来没有过的感觉！他几乎就认定这个女孩就是他一辈子要寻找的对象！

"喂喂喂，别走啊，他们两个马上到了，你走了三缺一，不好玩了。"

蓝枫没理睬李成的话，径直走出去，他心里琢磨着去校园哪个方位溜达，才有可能再次碰巧看到这个女孩。

李成给岳亚斌和廖敬东打了电话，告知蓝枫到了，赶

紧滚过来开战。

两人晃悠走过来的时候却没看到蓝枫，李成告诉他们："个苕皮一进来就跟老子打听练舞的姑娘吁！老子没告诉他，他就自己去校园瞎逛，热死个憨皮！哪有这鬼热的天气猎姑娘吁的？"

三人一合计，担心蓝枫找不到那个女孩会开车回去，赶紧一起下楼去校园里找蓝枫。

天气真热，校园里没有一个人影，都躲在家里享受这空调带来的清凉快感。蓝枫围着女生宿舍溜达了半天，也没看到那个女孩再出来，拐角处迎面碰到了李成几个人，死拉活拽地把他拉回去打牌。

看来这样没有目标肯定找不到，就算碰巧再次遇到了，搞不好给这个女孩的印象会更差，还是要李成帮忙才行。

二

　　蓝枫比以前更勤快地往李成宿舍跑了，李成早就结婚了，只是家属不在这个区，为了上下班方便，江城艺术学院给他安排了一个单间，于是他的宿舍就成了单身老师们的"聚义厅"。

　　这天蓝枫又和他们凑一桌打牌，今天又来了一个叫李旭峰的老师，不过他不太懂打牌，而是在旁边掺和着买码。李成的手气有些差，输得冒火，每次都是快听和的时候被人家一把赖子放倒了。打了几局后，李成一把摸了4个赖子，碰两张就是天牌了！蓝枫估摸李成大概是要碰两个风才行，赶紧拆了自己的牌，打出一张西风，李成赶紧喊碰，捏着一张要放的幺鸡，对蓝枫说："我侦查到了，那个女孩叫萧咏，不过，这女孩像我手上的这张牌，就是一只小鸟，在天上呢，你抓不到的。为啥？人家还是一张白纸，单纯着呢，心性极高啊。"蓝枫心领神会，赶紧又放出个白板，李成又喊"杠"，手上赖子多，什么牌都可以

匹配，接下来，随便摸张任意牌都是天和了！

这把牌李成赢得荡气回肠，把前几局输的全部赢回来了！又玩了几把，岳亚斌和廖敬东感觉蓝枫和李成在打配合，连李旭峰都听出了话音，于是都不肯玩了，要李成直接请吃饭。李成哈哈哈大笑，爽朗地扔下牌，一行人计划到江边去吃饭，吃完还可以到江里游泳。但李旭峰还有其他事，没有跟着去吃饭。

路上，李成大讲泡妞心得，尤其是泡有年龄差距的小姑凉吖，思想和招数要与时俱进。他泼蓝枫冷水，以前泡妞的那些烂招数，在萧咏那里不管用。

去江边的路上，蓝枫想起有两个做投资的兄弟似乎就住在吃饭的地点附近。他拿起手机，约他们到江边来吃饭游泳。江城的热跟其他地方不同：其他地方到了秋季，天高气爽，温度适宜。但江城不同，越是到了秋天，天越是热得不行，秋天的热，被当地人称为"秋老虎"，一点都不亚于夏季的热。夏秋交接的傍晚，到江边吃饭和游泳是件很惬意的事情。

走上江堤，一阵一阵的微风习习地流着，迎面吹来的微风虽然还是有些烫人，但跟大白天的热相比，清凉多了。江水从西边逶迤而来，旷阔而辽远。江边小浪微微，撩惹着漫滩延伸到江水边的野草。远方的江面上几艘轮船，在斜阳的映射下，给江上留下几面波光粼粼的轮廓。偶尔一声浑重的汽笛声从远处的轮船上传来，似乎就是这座有着厚重文化沉淀的城市发出的历史回声。

江面靠岸的各种植物已经没了盛夏时期生长的喧嚣，有些已经残折，都静静地待在那里，偶尔随着江浪轻轻摇摆；一两只江鸥站立在水中有些衰败的植物上，一会儿扑腾着啄食，一会儿抬起头，惊异而警惕地望着四周。

这里是靠近江城的江边郊野，离江城艺术学院也很近，闲暇时经常有师生们来这里溜达。

可能还有点早，不到下午五点，几座用大块帆布和铁架临时搭起的农家乐，只有三三两两的食客。蓝枫在投资行业的朋友石琪军和赵磊已经到了，两人正坐在一起瞎侃。

蓝枫几人下车后，分别给李成和石琪军几个人相互做了介绍，都是性情中人，也不需要客套什么，点好菜，几个人讲着荤段子，开始划拳赌酒吃喝起来。

赵磊酒量差些，一直耍着赖少喝，让李成很不高兴，

石琪军说："个板马养的赵磊这丫我了解，他喝酒一般需要一只小猫吖子陪伴。"

六个人说笑着，不觉喝了两瓶酒，都微微有些醉意，几个人的上衣早就脱了，光着膀子，身上的汗液在江风的吹拂下，干干地黏裹在身上。李成提议，趁夕阳未落，赶紧去游泳，大家欢呼赞同。

他们选了离农家乐稍远的江边，几个人扑通扑通跳下水。反正这里没人来，李成和赵磊、石琪军三人脱了个精光，几个人像浪里白条一样在水里欢快地翻滚。

蓝枫一口气游到了远处，本想游到江心再回转，但感觉离岸越远，江水下面越凉，他又游了回来。

江堤上，远远的有个女孩在跑步，穿着一身休闲短装，扎着马尾辫，胸前波涛汹涌，头上的马尾辫随着跑动的步伐一圈一圈地在头上甩动，身材苗条矫健，像一头轻快奔跑的小鹿。

石琪军把手指放到嘴边，朝着跑近的女孩吹起口哨，赵磊、李成几个人也一起嗷嗷大叫，不断从水里跳出大半截身子，试图引起女孩的注意。

女孩目不斜视，越跑越近。李成一看，大吃一惊，这不就是萧咏吗？他赶紧扭头对游过来的蓝枫说："是萧咏！"说完赶紧一个猛子扎进水里。蓝枫定睛一看，果然就是！他马上跟着一个猛子扎进水里面。岳亚斌和廖敬东不明就里，也跟着一头扎进水里。几个人在水里憋了半天气，估计萧咏跑远了，才从水里露出头来。

蓝枫懊悔得很，他不知道萧咏还有跑步健身的习惯，也不清楚萧咏是否知道在水里的就是他们几个人。回去的路上，蓝枫把率先脱得精光的李成和石琪军骂得半死！骂两人就是个憨皮骚包！责罚李成务必尽快想办法帮他安排一个有萧咏参加的饭局。

在艺术学院里随便找某个女学生可不行，搞不好还遭系里老师们的白眼，认为别有企图。李成颇费周折，先在家里炮制了一份舞台剧的计划，又找到萧咏的任课老师极力游说，搞定任课老师后，又声称找到了赞助商，但赞助商提出要亲自见见舞台剧的主角，总算通过萧咏的老师，成功地把萧咏约出来了。

吃饭前李成给蓝枫打电话："你个苕皮，我跟你说啊，人，我是帮你约出来了，这个过程可不容易。你如果只是跟人家玩玩，我可不能原谅你！还有，你至少要请客三次以上才能弥补我内心的创伤。"

三

　　蓝枫第二次见到萧咏是在饭局上。萧咏一身便装打扮，长发上只别了个蝴蝶结，脸上没做任何粉饰，样子十分清纯，坐在桌边次席位置，清澈的眼睛有些严谨地看着蓝枫，不说话，像池塘中央安静的莲，令人不能接近。

　　蓝枫不敢造次，怕失去好不容易获得的见面机会。他先为自己第一次见到萧咏时的唐突向萧咏道歉，萧咏也只是微微点头。萧咏的冷漠让蓝枫拘谨得有些放不开。好在李成是个天生的话篓子，他知道自己的角色，主要负责搞活气氛。

　　"蓝老师是我们江城投资行业大佬级的人物啊，对艺术投资是情有独钟。呃，蓝老师，你跟我们小萧聊聊关于舞台剧的设想吧。"李成向蓝枫甩个眼色，叫他赶紧搭话，该他表现的时候了，冷场可不好。

　　萧咏不喝酒，只喝菊花清茶，安静地听着两人一唱一和，好像与自己毫无瓜葛一样。

蓝枫和李成两人喝了几杯酒以后，才开始慢慢放开。

蓝枫接过李成的话头，故作谦虚地说："在小萧老师面前哪里敢有什么设想啊，只是在艺术圈混得比较久，集团资金投向也大部分锁定在艺术圈。人啊，总得有些情怀。"蓝枫几杯酒下肚，信口开河地开始了胡侃。

李成一听蓝枫开始瞎吹牛，赶紧使眼色。

蓝枫没理睬李成的眼色，自顾地吹下去："我第一次见到小萧老师跳舞感觉很清新啊，我们投资的艺术团里面没见过这种舞蹈，小萧老师那天跳的是什么舞蹈？"

萧咏不太懂投资的事情，听到他俩吹了半天后问到自己了，就老老实实作答："那天跳的，是根据H省黄鹤楼文化符号自创的一套鹤舞，但还没有打磨好，还需要精炼。"

"那好啊，我家老爷子就是研究楚汉文化史的，我虽然没有继承家学，但对黄鹤楼、古琴台、知音的历史传说还是略知一二的。我投资的艺术团也在研创关于黄鹤楼、古琴台的舞蹈，哪天小萧老师有空去指导一下工作。"蓝枫讲得半真半假，他家老爷子确实是研究楚汉史的，但与他现在的行业一毛钱关系都没有。

"哦？"萧咏听到这里，不由得瞟了一眼蓝枫。

　　蓝枫看成功引起了萧咏的兴趣，马上接着吹下去："我们计划对艺术团加大投资力度，争取每年有几台独创的舞台剧，不仅要在中国获奖，还要走出国门！中国文化，不能只在国内姹紫嫣红，还要在国外开花结果！弘扬中华文化，是我辈义不容辞的使命！"

　　李成看蓝枫吹得漫天飞舞雪花，感觉有点坐不住，恨不得在桌下伸出长脚把蓝枫踹出去！但萧咏似乎听得聚精会神。

　　一顿饭局下来，蓝枫自我感觉良好，还成功地拿到了萧咏的电话号码。

　　蓝枫所谓的邀请指导工作基本没下文，接下来倒是各种理由地请吃饭看电影，节目不断，但追求的过程并不顺利，尴尬的场景倒是不少。萧咏看穿了他的把戏，基本不怎么搭理他，偶尔出去吃一两顿饭，不是被萧咏戗穿了伪艺术家的面具，就是被萧咏斥得满脸通红。

　　在萧咏眼里，蓝枫就是个不学无术的纨绔子弟，连拍马屁都漏洞百出，一点都不真诚！完全是不怀好意的坏叔叔！这让自诩为情场高手的蓝枫泄气得很。

　　但蓝枫还是不甘心，执着地变着花样死磨硬缠，有天萧咏被缠得没办法，气冲冲地答应陪他吃顿饭。但刚坐下，萧咏直截了当地问蓝枫："不是说请我去指导工作的吗？你们的舞蹈演员呢？你们的创意团队呢？你们的发展方向呢？你们有基本平台吗？"

蓝枫面红耳赤，结结巴巴答不上来。萧咏红着脸大骂："骗子！纨绔子弟！"骂完拂袖而去。

蓝枫赶紧买完单追出去，但萧咏已经坐上的士，绝尘而去。

四

蓝枫很是沮丧，只好打电话给李成，高中同学们都结婚了，唯独蓝枫还是黄金单身汉。李成哈哈哈大笑："你个苕皮，我早就告诉过你，这个女孩你搞不定，你非要去搞，浪费时间啊，还不如多搓几把麻将过瘾！"

"这就像做投资，开弓没有回头箭！哪有半途而废的道理？放弃的话前期投资就等于都打水漂了！你一定要帮我再想想办法才行。"蓝枫心有不甘。

"你赶紧过来，今天周末，先打牌再说，我想想再帮你设个局。"李成感觉蓝枫还是不够了解萧咏的心性特点，这个女孩太优秀了，如果蓝枫真的和萧咏在一起，那确实是很不错的一对。

那天萧咏在排练厅独舞，专心打磨自己新创的一段鹤舞，突然，排练厅里正在播放的音乐《高山流水》中，多了一道浑厚、低沉、沧桑的嗓音在吟诵：犹忆去岁春，寒江晤新人……对方刚念了前两句，萧咏心头一震，她没有停，而是心有灵犀地让自己的舞蹈动作自然地与音乐和沧桑的嗓音结合起来。君曰抚琴早，黄鹤恐未归。随着音乐的节奏稍快，浑厚的吟诵也微微快起来，萧咏的舞蹈动作也更加挥洒自如；闻声旋律断，微微意来人。何故断桥立，侧耳闻清音。冠蓬蓑衣镰，君若砍樵人。

萧咏的舞蹈动作随着音乐愈加快起来，此前根本做不了的舞蹈动作，或者完全没想过的、绝美的舞蹈动作居然随着音乐和低沉、浑厚、沧桑的嗓音奔泻而出！

兄台高雅远，子期略知音。子期知音乎，伯牙抚端琴。悠悠千古意，百折难断音。空山清涧里，雅律引鹤沉。归去归去今，不禁泪沾襟。归去归去今，不禁泪沾襟。

沧桑的嗓音语带悲戚，似吟似唱似泣，让萧咏跳得肝肠寸断，泪流满面！感觉时而独舞，时而似乎又有人在伴舞。

突然，音乐和吟诵戛然而止，萧咏不自觉地舒展广袖停顿一下。俄而，沧桑的声音又起一首七绝：江畔十月雾掩舟，伫立亭台意竟惆。本欲抚琴唤鹤归，伯牙子期千古留。

此时萧咏激动得满面绯红，她擦去泪水，坐在地上微

微喘着气，仔细回想着刚才的舞蹈动作，惊艳得自己都不敢相信！是谁激发了自己天赋的灵感，让自己创作出如此绝舞？

半晌，排练厅响起掌声，李成从门口走进来，而蓝枫也从幕后走出来，三个人都很激动，音乐与诗与舞蹈与吟诵，竟然可以结合到如此空灵的境界！这是设局的李成没有想到的，他只是想帮蓝枫成功追到萧咏，但没想到今天会看到梦幻般的效果。

因为这段自天而降、浑然天成的鹤舞，让萧咏对蓝枫刮目相看，觉得蓝枫还不算是不学无术的纨绔子弟。

蓝枫建议，萧咏的鹤舞应该命名为《归去来兮》，三人拍手叫绝。蓝枫不敢告诉萧咏，刚才朗诵的，是他父亲著作里面的词句。

五

萧咏果然如李成说的那样，完全不是一般的小女孩，内心的沉静和文化见识倒是真让蓝枫心里暗暗叹服。

两人交往一年多，蓝枫第一次正式带萧咏回家拜见父亲蓝文臻，萧咏居然可以跟老爷子谈论茶道，谈论伯牙与子期，陶醉于高山流水知音古琴，深得老爷子欢心。

蓝文臻本来就是研究楚汉历史的，一生著述颇丰，书房里的书籍更是汗牛充栋，对黄鹤楼、古琴台颇有研究。

蓝枫在江城出生长大，和父亲蓝文臻住在老江口同兴里的一座老宅子里，大学毕业后投身金融行业，对茶不大感冒。

蓝枫母亲去世得早。父亲喜欢喝茶，经常在书房里一个人看书喝茶待半天，还动不动把少年时调皮捣蛋的蓝枫叫到书房茶桌前，训斥半天。因为抗拒父亲，所以蓝枫宁可喝汽水也不喝茶；再说，茶怎么喝他也品不出个味儿来。在蓝枫看来，喝茶完全是一种消磨时光的方式。

　　萧咏家在广东，父母做教育工作，但与艺术也没什么关系，可她偏偏迷上了几代人都没染指的艺术，也因为景仰黄鹤楼的高山流水遇知音，还考到了国内一流的江城艺术学院，专修舞蹈。

　　以前蓝枫每隔几天只是给老爷子去个电话问候，或者每个月回家陪老爷子吃顿饭，往往吃完就走，不做停留。自从带萧咏登门以后，每周至少有两三次被萧咏拉着去家里陪老爷子吃饭，而萧咏除了研习舞蹈，心思似乎也开始专注于茶道和食谱。

　　去看老爷子的时候，她几次自告奋勇去厨房，想尝试着自己做热干面和面窝以及武昌鱼，但味道还是不够江城地道的汉味纯正，反而是萧咏煲的广东汤羹，让蓝枫和老爷子十分喜欢。聪明的萧咏将广东的一些特色菜，和江城本地特色菜肴结合起来，自创了十几道"湖广味"，比如武昌鱼，她切成两半，一半让家里的保姆手把手地教她做成地道的江城口味，另一半自己熟练地做成地道的广东清蒸鱼，拼在一个盘子里，并取名：双味香鱼。让老爷子赞不绝口。

　　老爷子喜欢喝茶，而萧咏作为广东人似乎天生就懂得茶道，泡茶的手法很是娴熟精巧，老爷子很喜欢。

萧咏不仅舞跳得好，还特别擅长古琴。有时午后，窗外的几缕阳光斜进书房，萧咏帮蓝枫和老爷子泡好茶，然后弹着古琴，他和老爷子对坐着喝茶。慢慢地，蓝枫和老爷子的关系变得融洽起来。

这天老爷子和蓝枫谈着家常和工作，萧咏翻着老爷子书架上的书，看到老爷子一本著述《楚汉社会史》。她好奇地翻着，发现里面的一些词句好熟悉，突然想起这就是当时跳舞的时候蓝枫朗诵的诗词，她一直以为是蓝枫的原创！还几次真心诚意地向他请教古诗词的创作，蓝枫每次都嘻嘻哈哈地搪塞过去，她还觉得是蓝枫故意自谦呢！萧咏对心目中爱人的要求是，可以不从事学术工作，但一定要有深厚的学养！这个骗子！所谓学问都是他爹的！搞不好就是一副空皮囊，不知道还有多少事情瞒着自己！想到这里，萧咏气都不打一处来！她回过头来红着脸愤愤地盯着正和老爷子喝茶的蓝枫。蓝枫一看萧咏拿的书，知道坏了，赶紧低头喝着茶，掩饰着自己的尴尬。

倒是老爷子似乎看出端倪，他瞟了一眼难堪的蓝枫，转头微笑着看着萧咏，问："你们俩认识很久了吧？"萧

咏红着脸点点头。

"每个人一生都会经历很多，很多人在最初遇到某个心仪的对象时，很难一下子判断对与错，所以有些人只知道'人生若只如初见，何事秋风悲画扇'，觉得这两句诗十分唯美，却往往不解其意，也不知道后面还有几句：等闲变却故人心，却道故人心易变。骊山语罢清宵半，泪雨霖铃终不怨。何如薄幸锦衣郎，比翼连枝当日愿。"老爷子缓缓吟诵着。

"这其实是一首拟古之作，是清代纳兰性德所拟之《决绝词》，本是以女子的口吻控诉男子的薄情，从而表态与之决绝。"

"蓝枫虽然不是十分出色，但是本性淳朴，人也不坏，可能在你们俩最初认识的时候，他多有藏拙，让你一下子有些迷失和难以判断。你是一个非常优秀的女孩，我希望可以目光长远些，年轻人多变，但评价他的未来，我以为还是要看他的本性如何，你觉得呢？"老爷子看着萧咏微微笑着说。

萧咏点点头，心里回想着蓝枫这一年多来花各种心思对自己的好，也是认真的，经老爷子这一提醒后，心里的气消了一大半。但她还是红着脸狠狠地盯着蓝枫说："以后再敢骗我，我跟你没完。"

蓝枫尴尬得无地自容。

老爷子爽朗地哈哈大笑，打破了蓝枫的尴尬，蓝枫也就跟着有些不好意思地笑了。老爷子笑完又问蓝枫："你去萧咏家拜访她父母的时候，可曾谈到你们俩的未来？"

"谈过，她父母说尊重我们家的风俗和时间。"蓝枫赶紧抬起头告诉老爷子。

"嗯，那你的意见呢？"老爷子转头又问萧咏。

"我……我也尊重您的意见。"萧咏这时候心里十分紧张，她嗫嚅着，预感老爷子接下来的话会决定她一生的幸福！她的心突然激动得像小鹿一样突突狂跳。

果然，老爷子沉吟了一下，从怀里缓缓掏出一枚十分老式的戒指，说："这是我和蓝枫他妈妈的结婚戒指，你是一个非常聪慧善良优秀的女孩子，我很是喜欢，如果你不嫌弃我们家庭，可以给蓝枫一个成长的机会，可以做他一生的伴侣，我希望你接受这枚戒指。"

萧咏一下子激动得眼泪喷涌而出，情不自禁地给老爷子跪下来，看着老爷子拼命地点头。

　　蓝枫愣住了，他也不由得跟着跪下来，老爷子还是微笑着说："来，蓝枫，你亲自给萧咏戴上戒指吧。"

　　蓝枫这下心里十分佩服老爷子，姜还是老的辣啊，关键时刻出手稳准狠。

　　至此，两人关系算是正式确定了，感情日笃，经常漫步江边，或去古琴台喝茶，或去黄鹤楼观风，或去品尝地道的江城美食，或去鹦鹉洲垂钓。江城的街头，到处都留下两人浓情蜜意的靓影。

　　两人感情浓得化不开，只是一直不正经的蓝枫好像从来没说过爱她想她的甜言蜜语，这让萧咏觉得很是吃亏；甚至蓝枫闲下来经常写些小豆腐块文字自娱自乐，也不见他专意吹捧一下她，令萧咏很不满。她质问蓝枫，为何在他的笔下，自己总是衬托的对象，问多了，蓝枫满脸不屑地回答："你做个配角，重点是突出我的高冷和深情！"

　　还好，两人吵架的时候，萧咏一翻旧账，揭蓝枫是坏叔叔的老底，蓝枫也觉得理亏，马上就不作声了。

六

萧咏喜欢舞蹈，他俩感情稳定下来，尤其是萧咏接受了老爷子的戒指，意味着他们俩已经可以步入婚姻阶段了。蓝枫特意在龟山脚下买了一套面江的房子。

蓝枫和萧咏的家就在江边，临江小区的第二排顶楼，第二排比第一排高一层，天气晴好时，可以远眺江对面蛇山的黄鹤楼。萧咏很是喜欢房子这样的方位，她的很多舞蹈创意，都是来自对面的黄鹤楼，尤其是新创的鹤舞《归去来兮》，在老爷子的点拨下，几个月前还获得了全国大奖。

他们的大客厅正对着江面，既是客厅，也像一个小型的练舞厅，与阳台之间隔着全透明的推拉玻璃门，在阳台的一隅，摆放着一方小茶几，有时候天气晴好，在家焙几盏香茗，凝神远眺，江面一览无余，长空如洗，白云如片片白鳞，对面的黄鹤楼不仅让长江显得域之浩荡，更给这个城市增添了雄浑厚重的磅礴气势！

　　这天蓝枫和萧咏从家里出来，打算去古琴台一家很有中国味的宅院式茶庄喝茶。出门前，萧咏化妆花了不到20分钟，只是略作修饰的淡妆，蓝枫还是等得不耐烦，站在客厅里一口汉腔地嚷嚷："只是出去喝茶撒，又不是走秀，脸上搽那么厚的粉，全掉到人家茶店的地上，一地儿粉白！搞不好我被人家扣下做清洁卫生！斯文扫地！"

　　"好了好了，我不修饰一下，万一在街上碰到你一串前女友，当场把我的气势压下去怎么办？"萧咏穿着一身墨蓝色灯芯绒对襟宽袖半臂襦裙从房间出来，宽袖口开到手臂处，纤细的腰上配着一根不宽的灯芯绒带，衣服上绣着几只浅淡蓝蝴蝶，精致的小圆脸化着淡妆，斜盘的发髻上插着一个天蓝色的梅花发卡，显得肤色白皙又富含青春活力。

　　今天要去的这家茶店，离蓝枫和萧咏的家不远，走路也就七八分钟，在古琴台的湖边，是传统的老式宅院风格。蓝枫本来牵着萧咏的手，到门口的时候，被萧咏甩开，换成挽着蓝枫的手臂走进去。

　　进了茶室后，萧咏熟练地坐在茶桌前，摆出要自己泡茶的架势，并吩咐服务员送来古树普洱茶。蓝枫不懂泡茶，此前泡过几次，被萧咏嫌弃泡茶的手法粗糙，就老老实实地坐在萧咏对面，打算拿出手机看看。

"喂喂，敲黑板讲重点啊，不许看手机，我明天就出国了，你应该抱着无比难受和虔诚的心情，每时每刻应该含泪看着我，珍惜我陪着你的时间，而不应该是埋头看手机。"萧咏敲着茶桌，平时一双灵动的大眼顾盼生辉，此时微蹙眉峰严肃地看着蓝枫说。

"你发现没有？这茶室的风格很像老爷子的书房啊。"蓝枫没接萧咏的茬，而是笑嘻嘻地环顾着茶室的环境跟萧咏说。

萧咏跟着环顾了一下，确实，茶室的桌子是旧式的长条桌，两边案头上摆放着四书五经合集，两面靠墙架子上一边错落有致地放着各种品类的茶叶，一边放着各类书籍，只是这些书籍是空有书名及外观的装饰品。中间是一个半掩的木制合窗，窗外林荫幽雅静谧，偶尔几只鸟儿飞过。巧妙的是，桌子上放着一个大砚台，砚台上面小架子上摆挂着几支毛笔，砚台的下面，竟然是一个音箱，高雅的古琴曲调《山与水》像水一样从音箱里缓慢地流淌出来，整个茶室的氛围十分适合修身养性。

"是啊，等我们结婚了，我觉得我们不应该单过，应该搬去和老爷子住在一起。以后孩子也能多受点传统文化的浸润。"萧咏也感叹道，随即换了一种严肃语气，"搬过去和老爷子他们住，也好煞一煞你的离经叛道。"

"老宅子你住得舒服？我不喜欢！"蓝枫头也不抬地回答。蓝枫考上大学以后逃也似的离开了家，留下老爷子和保姆以及护工住在那里。他以前很不喜欢听父亲板着脸训话，在他的印象中，父亲似乎从没满意过他的事业成就，总认为他玩世不恭，为人虚浮，也似乎没给过他笑脸。他也不明白父亲到底希望他成为什么样的人。

"我当然喜欢！等以后我们结婚有孩子了，我就和孩子住进去，让你一个人在外面浪！"萧咏对蓝枫排斥和老爷子在一起住的态度很是不满。她觉得老爷子很亲切很慈祥啊，又博学。

蓝枫母亲去世得早，老爷子一个人把蓝枫拉扯大，多不容易啊。自从前些日子接受了老爷子赠予的戒指，她很肯定地答应过老爷子，结婚了就搬回来和老爷子一起住。

萧咏比蓝枫小十多岁，反而经常板着嫩脸，在蓝枫面前像个沉稳而规矩的姐姐，时时训斥桀骜不驯的蓝枫。

"切，你身上现在越来越有老爷子的味道了！每次抱着你睡觉的时候，我都感觉像抱着老爷子睡觉一样！"蓝枫一脸的愤愤。

　　萧咏扑哧一声笑起来："那好啊，免得你晚上抱着我，却不知梦着哪个狐媚精。"

　　喝了一下午的茶，两人一会儿相互打趣聊天，一会儿各自沉默着处理一些工作和学习上的事情。

　　萧咏明天就走了，因为鹤舞《归去来兮》获得了全国大奖，她也因此成了江城艺术团的台柱子，团里特意送她去国外学习培训三个月。

　　快到晚上的时候，服务员进来，问他俩是否在这里吃饭。萧咏本想说不用了，明天要走了，她想和蓝枫去陪老爷子吃顿饭。

　　谁知蓝枫随口就说："可以啊，你们有什么好推荐啊？"

　　服务员笑吟吟地说："我们茶室厨师做的私房菜十分地道，连江城每年的万人宴都是他主厨呢。"

　　萧咏一听也来了兴趣，她早就听闻过江城的万人宴，只是从没品尝过，今天有幸在这里品尝，也是十分不错啊。

"我让我们经理来给你们介绍吧，很多菜式我也不太懂。"服务员看他俩的兴趣上来了，生怕自己介绍得不得体，让客人扫兴。

经理进来的一刹那，蓝枫和萧咏差点没绷住笑起来，这个人太像那个叫王迅的猥琐演员了。

"王迅"没管蓝枫和萧咏的表情，一本正经地用地道的"汉语"问："大锅大姐想七咔么家咧？"

蓝枫忍住笑："你这里有么家咧？"

"我们这里随么家都有，你想七咔么家我这里就有么家，都是私房菜咧。"

萧咏赶紧打住他俩的对话："你直接介绍吧，看看有什么特色菜。"

"王迅"清了清嗓子，像背书一样念道："我们这里有红烧武昌鱼、黄陂三合、红菜薹炒腊肉、沔阳三蒸、葵花豆腐、橘瓣鱼圆、八卦汤、龙凤配、双黄鱼片、三鲜豆皮等，你们想七咔么家？"

萧咏想了想："那就给我们做个黄陂三合、橘瓣鱼圆和红烧武昌鱼吧，再加个青菜。"

"再加个沔阳三蒸，我想吃点蒸菜了。"蓝枫补充一句。

　　"大锅大姐你们点多打咔咧，七不完吧？"

　　"没的事，你搞你滴，七不完我打包。"蓝枫说。

　　果然是吃不完，一个黄陂三合就是一个大饭钵子的量，味道确实很地道，但每样菜两人各吃了一点就吃不下了，萧咏喊"王迅"进来打包。

　　两人打好包以后又去看了老爷子，顺便把打包的饭菜交给保姆。

七

　　九月下旬，江城的清晨还是有点清冷，街道两边高高的梧桐树，因为没有风，偶尔被鸟儿蹭掉一两片叶子飘下来，地上干净而又整洁。

　　蓝枫今天要送萧咏坐早班的国际航班，到机场后，蓝枫一看时间还早了点，就陪萧咏在机场外站一会儿。萧咏也舍不得蓝枫马上回去，这一走，两人三个月不能见面。

　　"我要走了啊。"

　　萧咏看了下手表，时间差不多了，她拉着蓝枫衣领上的扣子，一只手把扣子反复地解开又扣上，眼睛表面上盯着扣子，貌似无意实际上十分不舍地跟蓝枫说。

　　"走吧，走吧，你还要办理国际旅行的海关手续呢，迟到了可不好。"蓝枫抓住萧咏的手，把她的手从纽扣处握住，又反扭到后面，顺势搂着她的腰，脸贴着萧咏的脸说："你一走，我就获得自由了，好多美女在排队等着我去撩，开心得不行。"

萧咏抽出手，捶打着蓝枫的胸口："流氓！你敢！我若发现你在家不老实，不剁了你的猪蹄才怪！"说完，萧咏抬起手又看看手表，时间真的不够用了，她依依不舍地放开蓝枫，并嘱咐说："老爷子年纪大了，你要抽空多回去看看，别一个人经常在外瞎晃荡。"

蓝枫回复："知道了。"

萧咏转身提着简单的行李，向机场走去，快进机场时，她回头看了看，笑了一下，发现蓝枫扣子居然没扣齐整，太早起床来江城机场送她，头发也蓬乱，完全是一副坏叔叔的邋遢形象！但她没时间说了，快步走进机场。

送走萧咏，蓝枫也快到了上班时间，他匆匆坐上返程的地铁，回公司上班。地铁上几个小女孩看着蓝枫扣子不齐，样子邋遢，捂嘴直笑。蓝枫开始不明白身上的笑点在哪里，后来环顾一下，才发现自己扣子没扣整齐，想想可能是萧咏故意的。

晚上下班回去的时候，家里突然没有了萧咏的叽叽喳喳，蓝枫心里感觉空落落的。

其实感情就是一种陪伴的习惯，时间长了，突然少了谁，就很不习惯了。

　　本来按家乡的风俗，见了双方父母，两人的关系也就定下来了，何时结婚，就看两人的时间安排了。蓝枫无所谓，一路玩到三十几岁，工作事业稳定，随时可结婚，但萧咏刚毕业，工作也才刚稳定下来，而且还被单位选中去国外培训学习三个月，两人商量，等萧咏从国外回来就结婚，按时间推算，肯定是明年初了。婚姻和爱情，是两个人的感觉，一切水到渠成。

　　只是没有萧咏的家实在冷清，蓝枫回家后，懒得吃晚饭，估计萧咏还在国际航班上没有落地，他想写点东西，不枉萧咏出去一趟，弥补一下自己没专意写她的亏欠。写完之后蓝枫很是满意，很符合自己的心意，便发到了萧咏的微信上。

　　老男人的情话比小年轻深沉多了。

挥手

　　我送你去机场，天气有些阴沉。在入场口，你笑吟吟地说：我要走了呢。我随口应一声：嗯。于是你转身就走，在入场口回望了我一眼，还是莞尔一笑，我想向你挥挥手，但手微微抬了一下，又放下了。我默默地看着你，你便不再回头，径直走了进去，过了入场口以后，透过机场大玻璃，我看到你回望了我一眼，我又想向你招手，但准备抬起来的时候，你已经扭过头去了，我又放下来。

不知是习惯还是默契，每次分开的时候没有挥手，你没有，我也没有。

我一直看你走进去，再往前走一点，拐个弯我就看不到你了。我知道从拐弯的地方，到安检口会有一段距离，那是机场大厅到检票口的廊桥，也是大玻璃，从入场口最西边的空旷地可以看到，我飞奔到最西边的入场口，透过大玻璃，果然看到从拐弯的地方走过来的你。你恰好走到了廊桥中心，只是你没有左顾右看，径直地走，看不到廊桥外在向你挥手的我。

你走过了廊桥，我再也看不到你了，我随即飞奔回入场口，从入场口排队进入机场大厅，又穿过你刚才经过的廊桥，跑到安检口外围送客禁行带，我快速地搜索十几条排队的长龙，在第十五安检口，我看到你了，你正从口袋里掏出护照，递向检查人员，我只看到你的背影，我离你太远，如果喊，你恐怕也听不到，只好拼命地挥手，直到你的背影从检票口消失。

　　我走出机场坐了一会儿，掐掉了最后一支烟，坐上了返程的的士，机场离我越来越远，一架飞机从身后轰鸣着直插云霄，我回头望着飞机腾空的身影，不知道是不是你坐的那一架。

　　第二天蓝枫收到了萧咏的回信："骗子！你到底是坐的士还是地铁回去的？"

　　蓝枫一看，暗骂自己，本想用一篇美文来拍个马屁弥补亏欠，结果还是百密一疏，又穿帮了！

八

    十月，蓝枫超级忙，李成辞职了，他看到身边很多人在市场上翻来覆去发了大财，心痒痒得不行，于是干脆也辞了职。得亏这么多年在艺术学院工作，对影视行业还比较熟悉，辞职后开了个影视传媒公司，最近他联合其他影视机构，打算拍一部电影。剧本是有了，但拍电影没钱。他想找石琪军和赵磊投资，李成虽然也认识他们俩，但他俩是蓝枫的朋友，跟蓝枫混得更熟，好说话些，于是去找蓝枫想办法。

    募集资金对蓝枫来说问题不大，只是蓝枫看了他的剧本后，觉得缺少生活气息，而且亮点也不足。作为老同学，他又不好直截说明这些剧本存在的问题。

    这天下午他约了石琪军和赵磊，叫上李成，又来到古琴台那家茶庄，还是上次和萧咏一起吃饭的房间，讨论剧本和投资的事宜。

    蓝枫和李成先到，两人聊了一会儿闲话，石琪军和赵

磊两人也先后到了，赵磊还带了一位非常漂亮的女孩，让蓝枫和李成眼前一亮，赶紧起来让座。这女孩精致的瓜子脸，皮肤白皙，穿着一袭绣着花边的连衣裙，配着黑色的裙带，肩挎一个非常休闲的帆布包，庄重而显得文静。

赵磊介绍说是自己的亲表妹，在江昌医院做护士，今天休息，就带她过来玩儿。

蓝枫在心里把她和萧咏比较了一下，都是美人，只是感觉不同而已。反正有女孩的场合，话题自然活泼。

石琪军对当下国内的一些电影电视剧很是不屑，不是手撕鬼子的"神剧"就是王八剧，他希望投资的电影在剧本上要规避这些乱七八糟的剧情，而且导演也要选择一些对艺术有追求，比较严谨的。

神剧蓝枫知道，王八剧倒是第一次听说，他赶紧问石琪军："王八剧是什么梗？"

石琪军抿了一口茶，笑着说："个板马养的跟'神剧'差不多，有部抗日电影是这样描述英雄人物的，一对恋人在经受敌人的严刑拷打的时候，个板马养的在敌人面前居然可以做到互相抚摸亲吻，情话绵绵，然后说要再来一次，你说这些板马养的导演是不是脑子抽了？才把剧本编得像王八扯淡一样！"

三人听完爆笑。赵磊笑着对李成说："成哥，咱们投资的电影，你可千万别这么编，否则，扯着淡就不好玩了啊，哈哈哈。"

"那是自然的，咱们当然不能像那些苕皮，不拍则已，要拍就拍成一股清流！"李成附和着说。

"最低标准是不能下流！"石琪军抢过话题，"我都不知道现在电影是个啥标准，这些明明侮辱观众智商的'神剧'，怎么还有人看。"

"就是！"蓝枫也觉得可恶，他转头对李成说，"你拍的电影，要对得起咱哥几个的高贵品格！至少不能侮辱咱哥几个的智商！尤其是严刑拷打之下的吻戏和床戏，你花钱请人来演，太便宜他们了，吻戏和床戏哪需要演技？还不如咱哥几个亲自上！本色出演！保证活灵活现，十分出彩！"蓝枫说完，又是一阵爆笑，连赵磊带来的小女孩也忍不住捂着嘴笑起来。

这时候"王迅"进来了，一手拿着菜单，一手拿着对讲机，估计想问问要不要在这里吃饭。他看大家笑得前仰后合，不知是该迎合着笑呢还是该退出去，不知所措地

像个大猩猩愣着站在门口，但嘴里还是喊了一声："大锅……"大家本来笑得不行，一看"王迅"这猥琐迟疑的样子，一下子又哄笑起来。

蓝枫笑着招手让他进来："王迅，你给大家盖绍哈今天七个么家。"

"王迅"咧着嘴不自然地笑着："我不叫王迅，我叫牛德华……"

哈哈哈哈哈……本来大家都止住笑了，一听他介绍叫牛德华，大家又哄笑起来。

"我……我啷个真的叫牛德华，不是文刀刘，是公牛母牛的牛。"

哈哈哈哈……大家笑得还是止不住。

好不容易大家笑得有些停下来了，这时赵磊带来的女孩却说话了："牛德华？哦，潘金莲表弟！你是潘金莲表弟！"

牛德华目瞪口呆，这是他读初中时候的网名加诨名。他家在汉南县乡下，读初中的时候，健在的父亲想办法把他送到城里的中学读书，但他除了对学习不感兴趣外，什么都感兴趣，是班级混皮。那时候同学中兴起玩QQ，他没有电脑，也没手机，看到有同学拿着手机玩QQ，觍着脸让一个有手机的女同学帮他申请了一个。女同学问他想取个什么网名，刚好那时候上映新版"水浒"，实际上他很喜欢的表姐就叫潘凤莲，不知哪根神经作怪，他居然脱口而出，就叫潘金莲表弟吧，当场把同学们笑炸了，加上他和香港明星同名，同学们反而没叫他牛德华，一直叫他潘表弟。

大家欢笑着一下子都把目光转向这个女孩，不知道这个牛德华跟潘金莲表弟是什么关系。

牛德华也摸着后脑勺盯着看了半天，女孩笑而不语。突然，他想起来了，这个女孩叫刘雨佳，就是那个帮他取网名的女同学！

得知牛德华居然跟赵磊的表妹是同学，还有个诨名叫潘金莲表弟，大家一下子又笑得收不了场。

好多年没见，刘雨佳护士成了漂亮的大姑娘。牛德华因为是她的同学，也就没有了服务顾客的拘谨，两人也聊得欢声笑语，一时众人都热络起来。

商业谈判是否可以成功，合作条件是一方面，但很大程度上在于谈判的环境。如果谈判环境融洽，谈判气氛调动起来，宾主欢愉，非常有利于合作的推动。李成的电影融资，就是在蓝枫的巧妙安排下，经过一两次谈判，很快就拍板定下来了，约定好明年4月份开拍。

九

12月上旬，离过年差不多还有一个月的时间，蓝枫不断地会见各种类型的客户。对蓝枫来说，年底很多工作要总结，也有明年的计划要安排，而且萧咏说她春节前几天才能回来，算起来还有近半个月的时间。他答应过萧咏，尽快处理完工作后，提前请假回去陪老爷子几天，并在街道开好结婚证明。这是跟萧咏商量好的，还有很多杂七杂八的事情要处理，这些事情不做，年底忙起来就更加不好做了。

忙完工作的事情，蓝枫递交了含年假在内的请假申请。今天晚上有个活动，萧咏工作的江城艺术团搞年终庆典，这个艺术团属于江城艺术学院的二级单位，因为艺术学院在省里属于事业单位，所以艺术团在名义上也属于事业单位，但这两年也开始市场化了。艺术团团长李旭峰也是李成的前同事，跟蓝枫也很熟，他不想当老师了，一直想转型，就参加学院内部竞聘到艺术团当了团长。蓝枫因为萧咏的原因，帮艺术团募了首轮投资，今年萧咏的鹤舞获得了全国性的大奖，艺术团整体发展势头也很不错。作为合作单位代表，蓝枫应邀前去恭贺。在惯常的节目安排中，都有抽奖的环节，快结束的时候，主持人宣布有个特等奖，居然被蓝枫抽中了。蓝枫喜颠颠地跑上去领奖，主持人问他希望是什么特等奖，蓝枫没想好，但他幽默地回答："我是搞投资的，当然希望你们老板李团长把家里面最贵重的祖传古董当特等奖发给我。"

台下一阵哄笑，主持人笑着让人帮蓝枫蒙上眼睛，又在一阵音乐声中，主持人解下了蓝枫的眼罩，他惊讶地发现，自己的爱人萧咏正款款向他走来。

还不到一个月，萧咏的提前回来让蓝枫很是开心，家里时时充满欢声笑语，白天他们俩整天厮磨在一起，晚上就回家陪老爷子一起吃饭。

H省要搞春节团拜会，江城艺术团接到表演任务，萧咏自创的鹤舞《归去来兮》获得全国大奖后，省里点名要她这次回来在省里春节团拜会上表演这支舞蹈，所以团里提前召回萧咏回来做准备。

不巧的是原来的伴舞在外地出差没有回来，于是萧咏

拉着蓝枫强行要他陪练，做临时舞伴。蓝枫经不住软磨硬泡，反正也是放假，只好陪她练舞，就当是练瑜伽呗。

但练舞的时候蓝枫故意耍赖较劲，他说崔颢的《黄鹤楼》诗句表达得很清楚："'昔人已乘黄鹤去，此地空余黄鹤楼'。我既然甘心扮演'黄鹤'，你扮演'昔人'，跳舞的时候应该我背着你跳才行。"

萧咏反讽："那还是优美的鹤舞吗？分明就是猪八戒背媳妇。"

十

这是江城艺术团第一次被省里主管单位点名参加一年一度的春节团拜会，省里各级领导都会亲临现场欣赏表演。萧咏的鹤舞《归去来兮》，在很大程度上，是本省厚重的历史文化艺术展示！所以不仅点名参加，还要压轴演出！对江城艺术学院来说，是第一次，对江城艺术团来说，更是一次在全省，乃至全国打响品牌的重大机遇！作为团长的李旭峰，非常明白本次团拜会对艺术团的重要性。李旭峰还是年轻有为的，今年江城艺术学院有两三个副院长到了退休年龄，院领导几次找他谈话，要他加强学习，趁年轻，要多挑担子。

蓝枫追求萧咏的过程李旭峰大致知道一点，刚开始他不看好，觉得蓝枫就是个玩世不恭的花花公子，找萧咏顶多也就是玩玩而已。像萧咏这样漂亮、极具才华且清高的女孩子，怎么可能看得上一个纨绔子弟呢？但想不到他俩不仅成了，还很快到了谈婚论嫁的地步。

　　萧咏是江城艺术团的台柱子，爱人蓝枫又是做投资的，这对情侣，一个有才，另一个有财，对艺术团的发展至关重要。所以李旭峰在萧咏的要求下，特意配合萧咏给蓝枫制造了一个久别重逢的意外惊喜。这段时间，李旭峰在蓝枫和萧咏身上花的心思、使的力比花在自己父母身上的还多。

　　为了让萧咏有更好的状态，他不仅亲自帮萧咏反复挑选伴舞、替补伴舞，还跑前跑后，连萧咏每天吃什么都特别操心，几次打电话给蓝枫，询问萧咏每天的生活安排等。

　　蓝枫一直有些疑惑李旭峰的过分热情，但觉得李旭峰理想在仕途，与自己不搭架。爱人喜欢舞蹈，他也希望爱人事业有成啊，所以，需要他支持的，他也尽可能全力配合。

　　蓝枫和萧咏每天的生活充满各种斗嘴，互不相让，但每次都是萧咏大获全胜，这点让萧咏很是满意。有时两人小打小闹，萧咏会伸出手掌甩着：你看，你大我十多岁，十多岁啊！一个放牛娃的年纪！你还不懂得让着我！

　　在家饱受萧咏欺压的蓝枫也会愤愤地反击："干吗要让着你？老子为民除害的功劳可以参评'十大杰青'。"

　　这天练完舞蹈后，萧咏在客厅扭头问蓝枫："我给老爷子打个电话，我们今晚不回去陪老爷子吃饭，找家有江城特色的店吃江城火锅吧，好不好？天气怪冷的。"

萧咏这段时间天天泡在家里和蓝枫练着舞蹈，蓝枫练得倒是有些熟练了，两人除了出去买菜做饭，几乎不怎么出门，只是每次跳完舞，大汗淋漓的时候，随便拎一两件衣服披在身上出去买菜，迎风一吹，时冷时热的萧咏感觉有些鼻塞感冒，伴随一些腰酸背疼，她以为是练舞蹈所致，所以她想出去吃顿火锅，出身大汗，可能好些。

蓝枫刚洗了个头，用毛巾搓着头从浴室走出来愤愤地说："不去！把老子绑架了四五天，老腰都散架了！还想让我请你吃饭，妄想！"

"切，出去吃饭，和你自己做饭加打扫卫生加洗衣服加给我按摩，你二选一。"萧咏晃着剪刀手做出无所谓的样子。

"这是二选一吗？快N选一了！都不选，老子罢工罢陪罢出门，三罢！待会儿还要给岳父哥打个电话，投诉你虐待老子，结个毛婚！老子要退货！"蓝枫边骂骂咧咧边穿衣服。

萧咏知道蓝枫在狐假虎威，满意地回房去换衣服，准备出门。

十一

今天天气阴沉沉的，江城今年冬天怪得很：乍暖乍冷，暖的时候穿衬衣，套一件薄外套即可；冷的时候就必须穿毛衣，甚至棉袄了，一点儿都不像往年。两人穿好衣服，临出门的时候，蓝枫顺手抓了一件风衣。

路上，蓝枫给李成打了个电话，问他出不出来吃火锅，李成在电话那头说话的声音有些沉闷，还伴随着几声咳嗽。他告诉蓝枫，自己可能感冒了，不出来吃饭了。

走出小区，拐了一道弯就是一家人潮很旺的江城火锅店，这家店不仅火锅做得好，而且很多江城特色小吃如热干面、欢喜坨、面窝、糯米鸡等，也做得超级棒。

路上有些人还戴了口罩，蓝枫神经兮兮地问萧咏："你说他们是不是都想趁年底搞个同学聚会，干点儿坏事，又怕人发现，所以才戴口罩？"

萧咏白了一眼："再坏的人有你坏吗？我看都挺正常的。"

"不对！你看绝大部分人都没戴口罩，只有极少数人在戴。"蓝枫神神道道、自言自语地说，"这些人肯定有不轨之心！不行，老子今晚要发个朋友圈提醒一下，年底了，有些在外地工作的人抱着不怀好意的目的回来了，防火防盗防口罩，千万别让老婆参加同学会，每个人都要看好自己老婆！"

"切！"萧咏不屑地白了蓝枫一眼，自顾哼着一首十分好听的调调。蓝枫好奇地问："你哼的是什么歌？怪好听的。"

萧咏莞尔一笑："我把你之前写的一首小诗找人谱了曲，试着哼唱了一下，感觉还不错。"

"是哪一首？"

"《江城街头》。"萧咏回答。

"哦。"蓝枫想起来了，这是他和萧咏在龟山脚下买了房子，搬了新家以后，特意为萧咏作的：

江城街头

我们去散步吧

在梧桐树下

那拐角的汉正街
正开着你喜欢的栀子花

我们去骑车吧
在梧桐树下
古琴台街口的风儿
撩动你飘逸的长发

我带你去喝茶哦
在梧桐树下
阳光穿过枝丫的疏影
映衬你娇艳的脸颊

我还是带你去跳舞吧
在梧桐树下
归去来兮的鹤舞
永留龟山脚下的家

快到火锅店的时候，萧咏接到了李旭峰团长的电话：

"小萧，团里决定三天后做一次排练预演，你要做好准备啊。"

"嗯？伴舞回来了吗？"萧咏有些诧异。

"回来了，今天刚到的，这次排练，省里、区里和学院领导都会现场观摩，你要像正式演出一样对待。"

"好的，好的，我会准备好的，您放心。"

两人走进火锅店，选了一个稍微僻静点的角落，刚坐下来，李旭峰又给蓝枫打来了电话："枫哥啊，三天后萧咏要参加团里面组织的预演排练呢，饮食和生活起居都要尽可能保持健康状态呢，这几天天气有点冷，你别让萧咏感冒了啊。"

"没事，你放心好了，我俩出来吃火锅呢，健康得很。"蓝枫随口应着。

"在外面吃啊？"李旭峰电话中有些不安，"这几天最好在家里吃吧，这次排练预演，省里主管领导要来观看，区里的领导也会过来作陪，学院所有领导也参加呢，还是要谨慎些才好。"

"嗯嗯，好的，我们以后不出来吃了，今天已经在火锅店坐下了。"蓝枫心里很奇怪，一次预演排练都得到上

下重视，看来省里的团拜会很隆重啊。

蓝枫口味偏重，萧咏喜欢清淡，两人点了鸳鸯火锅底。蓝枫突然发现牛德华穿着这里的制服在大堂里穿梭，萧咏也认出来了，这是古琴台那家茶庄的经理，怎么在这里呢？当然，她并不知道蓝枫后来又去过那家茶庄几次，也不知道蓝枫已经和牛德华很熟悉。

"大锅大姐，你们来啦？"牛德华也看到了蓝枫和萧咏，赶紧过来打招呼。

"你怎么到这里上班了？不在茶室上班了吗？"蓝枫奇怪地问。

"这事说来话长，以后有机会再跟大锅改释啊。"今天这里客人多，牛德华显得有些忙，他还是招呼服务员过来帮蓝枫他们点好菜，就自顾忙去了。

趁送菜的工夫，萧咏埋头看着手机，蓝枫有些无聊，无意中瞟了一眼送菜的服务员，看见他捂着嘴打了两三个喷嚏，不断吸溜着鼻子，还用戴着袖套的手臂擦了一下，觉得不够，又腾出手捏了一下鼻涕，随手擦在屁股上，然后一路送着小食过来。蓝枫一阵恶心，等服务员走远，他赶紧下意识地把小食往自己身边挪了一下。萧咏看到了，笑着说：“怎么？想吃独食啊？”

蓝枫笑了一下：“呸！老子被你绑架几天，还不该多吃点补补发虚的身体啊？”边说边故作不满地把小食放到了自己怀里。

“嘴硬！几粒花生能补啥？哼！”萧咏伸过筷子抢着要尝一下，蓝枫不给。萧咏见蓝枫真不肯给，知道蓝枫肯定发现开胃小食有问题，就不坚持了。蓝枫趁人不注意，把小食倒进了垃圾桶。

江城的火锅真的不错，一点都不比川味火锅差！而且比川味火锅多了楚地味道，别具香味。两人吃得热乎乎的，尤其是这个店有一款土菜酸汤，萧咏居然一个人喝了一大碗，喝完还咂咂嘴，意犹未尽，似乎还想再喝。

蓝枫跟牛德华打了个招呼，买完单走出门的时候，一阵冷风灌进来，萧咏打了个寒战，又连打两个喷嚏。蓝枫赶紧把手上的风衣给萧咏披上。

萧咏拿出纸巾擦拭了一下嘴，问蓝枫：“今天几号啊？”蓝枫说：“今天1月11日了，‘三棍节’，怎么了？”

“不是只有‘双棍节’吗？怎么多了一棍？”

“多的那一棍是老子心里的，你再敢在家里作恶多

端，欺压老子，老子心想用这一棍打死你算了。"

萧咏听完得意地哈哈大笑。

"每年快过年的时候，爸妈总是特别盼我回去，刚才连打两个喷嚏，估计是爸妈在念叨我了。"萧咏用纸巾擦着鼻涕笑着说。

"瞎说，说不定岳父哥在心里咒骂我，怪老子拱了他家的嫩白菜，还不怎么搭理他们呢！"蓝枫帮萧咏扣好风衣扣子，两人搂着往家里走去。

这是一对令人羡慕的普通情侣，过着和我们所有人一样的普通生活。

十二

快到家的时候，萧咏又打了两个喷嚏："看来爸妈超级想我了。"萧咏感觉有些头疼和心慌，她闷闷地对蓝枫说。她觉得可能是普通小感冒，小事一桩，没必要跟蓝枫细说，免得他担心。

"也不一定啊，说不定你对我坏事做得多，老天也看不下去了呢？"蓝枫回答。他又想起李成感冒的事情，自言自语地说了句："是不是现在流行感冒？"

到了家门口的蓝枫边开门边说："这几天我们别出门，搞不好外面真的在流行感冒，感冒了恐怕会影响你排练预演。"

"是吗？我刚才看朋友圈，也好像说流行什么不明原因的病毒性肺炎，我没太注意呢。"萧咏正经地回道。但马上嬉笑着说："这样也好，我们再关几天，你的假期就结束啦，你那几个伴舞动作太不规范了，让我每次都有白天鹅陪丑老鸭跳舞的感觉。这几天好好练，练熟了，说不

定我开恩，把原先的舞伴直接换作你。"

"做梦去吧，士可杀不可辱！老子是未来一代金融大鳄，再陪你玩几天都要成金融渣渣了！辜负列祖列宗的厚望！你这纯属要辱没我们老蓝家书香门第的节奏啊！"蓝枫一脸的不屑。

但他还是打开手机，平时习惯休假时手机调静音，未接电话和短信他看到后会回复，一般情况下，他基本不碰手机。今天他想浏览一下最近的朋友圈，搞清楚到底是流行性感冒，还是流行不明原因的病毒性肺炎，两者区别太大了。

蓝枫打开门，赶紧把家里的几台暖空调打开，尽量让家里暖和一些。萧咏则脱下衣服，自顾去洗澡。

过了一会儿，家里暖和多了，萧咏洗完澡走进客厅，发现蓝枫看着手机有些发呆，忙问："你怎么了？"

蓝枫皱着眉说道："江城突发一种不明原因的病毒性肺炎，不是流行性感冒！"

"啊？不是吧？"

"是的！12月31日江城就发布了关于病毒性肺炎的预警，前天市政府还专门发文说明，引起这种肺炎的病毒叫

'新型冠状病毒'，我们这些日子一直关在家里，没看新闻，所以不知道。我们刚才在火锅店，服务员端小食上来的时候还打了几个喷嚏，我就有些不安，不想让你吃，你还埋怨我吃独食。"

"啊？那怎么办？我们是不是要出去买些药才好？"萧咏试探着问蓝枫。

"我先查查，把情况了解清楚再说。你福寿齐天，人品与颜值齐高，百毒不侵，去休息吧。"蓝枫头也不抬，自顾翻阅着一些街闻。

"哼，忌妒我！"萧咏满心欢喜地扭头去了卧室。

萧咏很是欣赏蓝枫做事的专注，也只有工作，才能让不正经的蓝枫一本正经地严肃起来。他很重视某件事，不必打扰他，让他去做好了。她没把这件事放在心上，哪有那么巧的事情，灾难和疾病会偏偏降临到她的头上。一直以来，战争啊，灾难啊，她都觉得离自己的生活太远，即使是新闻报道的灾难和疾病，对她来说也与电影剧情没多大区别。她根本没放在心上，准备安心躺床上休息一会儿，等蓝枫忙完再拉他练舞。蓝枫现在伴舞有些熟练了，只是几个动作始终做得不够标准，尤其是大幅扭腰和跨腿

动作，总是练不到位。

春节团拜会还有半个月就开始了，三天后就要排练性预演，而自己与舞伴很久没有合练了，虽然上场表演不会有问题，但两人达不到默契的话难保不出状况。

"假如与舞伴实在找不到默契，就让蓝枫伴舞，蓝枫现在对鹤舞的熟练程度一点都不比伴舞差。"萧咏心里这样打着主意，如果未来有一天，台下的观众发现资本大鳄还曾经在春节联欢晚会上伴舞，那才有趣呢，想到这里，萧咏忍不住偷笑了一下。

蓝枫看了一会儿朋友圈，发现很多在谈新冠病毒的可怕，难怪街上很多人开始戴口罩。他不是太习惯用手机搜索新闻，决定用电脑看看主流新闻媒体的报道。

刚打开电脑，听到卧室里已经躺下的萧咏发出一声呻吟，他赶紧走过去。

"怎么了？是不是折磨我几天，感觉良心不安？"

"我好像不太舒服。"萧咏有些软绵绵地说。她的脸色在床头灯的烘托下，显得比往常更加红润和娇媚。

"是人品值下降了吧？"蓝枫边说边走到床头，本想去抱抱萧咏，脸凑过去刚挨在一起，感觉萧咏脸部有些发烫。

他立刻起身，看着萧咏的脸问："嗯？好像有些发烫！"

萧咏有气无力地重复着说："嗯，突然有些没精神，不太舒服。"

蓝枫把手伸到萧咏的额头上摸了一下，感觉体温有些偏高，心里立刻十分不安："会不会是感冒了？难道是我心里骂你的话灵验了？或者刚才吃饭的时候你出门被冷风吹了吧？我去帮你找点感冒药。"

联想到刚才看到的朋友圈传闻，蓝枫有一些担心，但又觉得他们俩都没怎么出门，新型冠状病毒即使传染性再强，应该离他们很远，不会与他们俩有什么关系。

头疼脑热之类的普通药一般家里都备着一些，蓝枫找了一种治发热的感冒药，倒了一杯温水，扶着萧咏喝下去。萧咏喝完药后，放下手机，转头睡下去。

看到萧咏睡了，蓝枫又回到书房，理了理思路，用电脑搜索新闻，但还是没看到特别有用的信息，关于新病毒，并没有特别的报道，他略微放下心来。也许萧咏就和李成一样，患了普通的流感而已。但想到萧咏刚才的状态，他马上觉得不能粗心大意，必须采取措施。

他回到卧室，萧咏已经半撑着坐在床头，还连着咳嗽。

　　此刻萧咏的脸红得吓人，蓝枫的手不用伸过去，就知道萧咏高烧发烫。他赶紧对着萧咏说："你赶紧躺下，我去拿衣服，我们必须去医院！"

　　萧咏连回答的力气都没有，她感觉不仅头痛、鼻塞，而且腰酸背痛，四肢乏力，只好顺从地配合蓝枫穿好衣服，浑身软绵绵的。蓝枫给萧咏加了毛衣和棉绒衣，感觉还是不够，顺手把自己的风衣给她披上。他一把抱起萧咏，出门直截往最近的医院去。

十三

医院不远，拐两道街就到了。夜半的街上行人像往常一样熙熙攘攘，年底了，街上的热闹一点都不见散去的样子。

蓝枫背着萧咏来到附近的中西医医院，急匆匆地穿过医院大门自顾往医院里边快步走去，刚走过医院大门，居然在人潮中与人撞了个满怀。可能蓝枫背着萧咏，冲劲大，直接将那人撞翻在地。蓝枫赶紧道歉："对不起，对不起，走得有点急。"那人一站起来，蓝枫突然有点好笑，这不是牛德华吗？牛德华边拍拍屁股边咳嗽着站起来，他也认出了蓝枫："哦，大锅是你呀。"

"今天这里真他妈人多，把个医院整得像庙会一样，买年货也不要往医院来呀，是不是春节都打算吃药了！"牛德华不满地嘟囔。

"是啊，今天好像确实人多。"蓝枫随口应和。依旧背着萧咏往医院大厅走。医院大厅人声鼎沸，挤得不行！

蓝枫背着萧咏来到挂号处，挂号处排着长龙，好多都是夫妻相互携伴着在排队，人群里咳嗽声此起彼伏。蓝枫看着萧咏烫红的脸和软绵绵的身体，觉得这样不行，他又背着萧咏来到一个不被人关注的科室门前，扶着萧咏坐下后，说："你坚持下，我打几个电话，看能否想办法优先去看看医生。"萧咏有气无力地点点头，靠在座位上。

蓝枫看萧咏坐稳了，跑出医院，打算去医院对面的药店先买几个口罩，万一医院里有病人感染了新型冠状病毒，戴上口罩避免交叉感染。在门口又遇到牛德华，蓝枫好奇地问："你不是来看病吗？怎么不进去排队啊？"

"排个卵子！你看看队伍，像领免费白菜一样，都排到院子里来了，何时才轮到我？"牛德华不满地嚷嚷道。

蓝枫没时间跟他打岔，径直向医院对面的药店跑去。

国内每个城市的很多药店如同超市一样，大半夜还在开门营业，这与国外很是不同，蓝枫在国外混了几年，街边的药店少，也没见大半夜还营业的。这或许是中国的一大特色！蓝枫跑进药店，直接买了一打口罩，刚走出门，想了想，又折回去，多买了两打口罩。

走出药店，蓝枫觉得应该赶紧给李旭峰去个电话，如果萧咏是急性重感冒，肯定影响排练预演。李旭峰一听萧咏病了，就急了："你们现在在哪家医院？挂上号了吗？"

"就在家附近的医院，队伍排得好长，就是挂不上号啊。"蓝枫回答。

"那这样，江昌医院发热门诊部的张医生是我的朋友，我现在把他的电话给你，你赶紧过去，我也给他去一个电话。"

李旭峰的电话提醒了蓝枫，朋友赵磊的表妹也是江昌医院的护士，不知是哪个科室，于是他打通了赵磊的电话，说明了萧咏的情况。赵磊告诉他，表妹刘雨佳就在发热门诊，并把她的电话发给了蓝枫。蓝枫想着和刘雨佳至少熟悉，就先给刘雨佳护士打了好几个电话，都始终在通话中，他只好给刘雨佳发了短信。

李旭峰发来了张医生的电话，蓝枫拨过去做了简单的自我介绍，张医生不等他说完，直接问他："是你还是你爱人在发烧？"

蓝枫心里咯噔了一下，赶紧说："是我的爱人。"

张医生马上告诉他："最近半个月，这类突然发烧的病人特别多，尤其是最近一周，处于暴增状态，江城已经发了

通告，是新型冠状病毒，传染性有多强，暂时不清楚。你爱人是不是也染上了，要检查才能知道。江城所有医院都是爆满，所有的医生也都在值班。我在江昌这边，病人也很多，但相对还算少一些，你赶紧带你的爱人过来吧。"

蓝枫一听，心里立马庆幸刚才多买了几打口罩，他冲进医院，顺手抽出一个口罩，给还在医院大院子里晃荡着捂嘴咳嗽的牛德华，叫他戴上。蓝枫匆匆来到萧咏坐着的科室门口，发现萧咏已经坐不住了，而是躺在椅子上。他赶紧帮萧咏戴上口罩，背起她就往医院外面跑。跑到路边，怎么也拦不到的士，正在焦虑时，牛德华走过来："大锅，你们要去哪里？我送你们过去吧，反正今天排队估计轮不上我了，跟着你们，看看其他医院能否看上病。"蓝枫一听，直说感谢。牛德华回去把车开出来，直接往江昌方向的医院赶去。在路上，蓝枫收到了刘雨佳回的一条短信，她会在医院门口等。

十四

估计是火锅店专门买菜的车，车上味道极重，蓝枫被熏得有点难受，抱着萧咏，又不敢开车窗，倒是把萧咏给熏得有些迷糊，但喉咙干疼，她不太想说话，皱着眉不断咳嗽。

牛德华倒不在意，他习惯了车里这种味道，他问蓝枫："大锅，你熟悉刘雨佳的屋里头的人不？"

蓝枫心里奇怪，忙说："不熟悉，我认识刘雨佳也是他表锅赵磊那天在茶庄吃饭带过来滴撒。刚才她表锅还把她的电话发给我，我现在就是去她的医院看病啊。"

"呃，这样啊，刘雨佳刚才一直在和我通电话，叫我赶紧去她的医院看病咧。我还有点犹豫不想去咧，想不到和大锅你碰到一起了，真是巧啊。"

"嗯嗯，确实巧，刘雨佳回我信息了，她说在医院门口等我们啊。"蓝枫看了看手机信息。

"我跟刘雨佳是同学咧，其实我初中就好喜欢她。"

"啊？"蓝枫很是惊讶，"然后呢？你们俩好上了？"

"是滴撒，但她老头子不同意啊，说我是个打工滴。"

"哦，这有个么要紧啊，只要你们两过相互喜欢就行了撒。他老头子管个么加啊？瞎操心！"

"是滴撒，她老头子不同意就算打，还想办法叫茶庄的老板把我炒了，所以我就去了那个江城火锅连锁店啊，不过也没事，我本来也想多在不同的酒店茶楼学习点经验，以后攒多点钱，自己开个酒楼茶庄什么的。"

"哦，原来是这样，那她老头子搞得有卡过分了啊。"

"是滴撒，所以我问大锅你熟不熟她老头子，如果熟的话帮我看看跟她老头子腔哪说哈子。"

"这过阔以，等过些时候，我把赵磊约到，一起帮你去见她老头子。"

"那就太好了，搞得我现在每次和刘雨佳见面都偷偷摸摸的，前天刘雨佳来我这里哭得要死，我都没得办法。本来我俩计划明年就把自己的茶庄或酒楼开起来，现在不知道何时可以实现。"牛德华嗓子都有些哽咽沙哑了，言语中十分委屈。

"没得事，没得事，你这卡事交给我来搞！这叫个么×事，她老头子太搞过分打！还有，你开茶庄或酒楼我来投资，几个兄弟伙本来一直商量要一起开个自己的酒楼或茶庄来着，你能搞那也很不错！"

　　"那敢情好！等有空了我把茶庄规划搞一个商业计划给大锅你看一哈子，我计划做成规模性连锁经营茶庄呢，现在酒楼或茶庄竞争力太大了，有点特色不搞连锁经营的话，很容易被人家模仿，弄不好就亏本。"

　　"这个想法很不错！特色酒楼或茶庄就应该这样搞！"蓝枫心里暗暗觉得这个牛德华相当有生意头脑！难怪被刘雨佳护士看上。

　　他为牛德华有些打抱不平，H省人谈恋爱结婚都还是蛮讲究双方的条件，心里虽然觉得刘雨佳和牛德华两人现在的条件可能确实有些差距，但只要两个人愿意，做长辈的这样拆散也很不对！何况年轻人易变化，以后的日子长着呢，你怎么判断牛德华一辈子都是打工的呢？

十五

　　两人搭着话，已经到了江昌医院。刘雨佳在门口焦急地站着，左顾右盼。牛德华把车停好后，帮蓝枫拎着东西，蓝枫也没挂号，背着萧咏走到刘雨佳面前。刘雨佳很是惊讶，面上也有些不好意思，但还是红着脸对牛德华说："叫你来你怎么也不肯来，你现在怎么和蓝枫大哥一起来了？"

　　蓝枫赶忙解释："我们在江口医院那边碰到了，牛德华是送我们来的，也顺便看病。"

　　刘雨佳点点头，嗔怪地看了牛德华一眼，就领着他们穿过人群，直截去发热门诊部。

　　科室走道上像赶集一样，卧着趴着躺着不少病人。有的人胸口起伏，不断喘着粗气。蓝枫并没有见过张医生，身边的医护人员来去都匆匆的，好在有刘雨佳领路。蓝枫一路背着萧咏挤过人群，来到张医生的科室。张医生正戴着口罩，接待着好几个病人。好不容易轮到自己了，蓝枫结结巴巴做了简单的介绍，张医生站起来看了一眼软绵绵的萧咏，碰都没碰，直接说："她和来我们这里的其他患者一样，都是这样的症状，做核酸检测、提取，以及PCR检测等多个步骤，完成下来需要好几个小时，即使检测结果出来，也没特别好的特效药，而且医院检测负荷已经到了承载极限，你在这里等候着结果，反而增加感染的风险，我给你开药，你赶紧去药店买，也许是急性流感，我建议开点药你们回去先观察几天再说。"说完他就准备坐下开药方。

"还有我呢，还有我呢，我们一起的。"牛德华赶紧表明和蓝枫是朋友。张医生看了一眼蓝枫，蓝枫点点头："嗯，他是我的好兄弟。"

张医生又看了一眼牛德华，刚站起来想说话，突然打了一个喷嚏，鼻涕沫像浪花一样沿着口罩四周喷出来，好几滴溅在眼镜上，样子十分狼狈，引得蓝枫和牛德华同时闪避。张医生赶紧扯下口罩，擦去脸上的鼻涕液，遮住脸挤出去到了洗手间，洗了把脸，回来换了个口罩重新戴上，并连声道歉。

"不好意思，好像我也感冒了——那个你，叫啥名

字？"张医生眼睛看着牛德华问。

"我叫牛德华……"

"我还叫'张学友'呢！"张医生不等他说完，直截打断，"这是医院发热门诊部，你当是治疗性病阳痿的专科门诊呢，可以隐去真实名字？看你就不像好人，不许报假名字！"

"哦，我真叫牛德华……我……"牛德华掏出身份证。

"呀，真叫牛德华呀，好吧，那你怎么样？身体有什么症状？"张医生有些愧疚。

"我……我好像跟我嫂子一样，也是流感，咽干，喉咙痛……浑身不得劲，经常发热，在家买了感冒药吃也不见彻底好。"牛德华结结巴巴地跟张医生描述自己的症状。

"嗯，我知道了，估计你跟她一样的病，我开两份药单给你们，你们一起去抓药。"张医生转身坐下去写处方药单。

蓝枫不甘心地问："这么严重，能不能先紧急打退烧针？"

张医生思忖了一下："你都看到了，这里这么多病人，根本没地方给她打针，我们连休息时间都没有。能吃药解决的，尽量不要打针，医院也没有特别有用的药，只能给你开些感冒药，这是最好的办法，你这几天到哪个医院的发热门诊都一样。"

蓝枫听完，心里明白，如果他的萧咏真的染上新型冠状病毒，目前也确实没有特效药！但张医生给的药方应该可以缓解。

他千恩万谢接过张医生的处方，背着萧咏临出门时，张医生喊住他们："你们等等。"蓝枫和牛德华停下脚步。张医生走过来，摸了一下萧咏的额头，问蓝枫："你爱人是今天脸这么红，还是一直泛着红晕？"

蓝枫笑了一笑："我爱人脸上一直都是这样白里透红。"

"哦。"张医生若有所思地停顿了一下，又问，"平时饮食有没有什么特别的嗜好？"

"没有，一直都很正常，和我吃的一样。"蓝枫回答。

"嗯。"张医生沉吟了一下，"你把刚才的处方给

我。"

蓝枫不明白为什么，但也不好问，赶紧把处方单递给张医生。张医生随手撕了，又重新开了一张新处方，并说："她不能吃头孢之类的消炎药，也不要打针，回家要采取物理降温的办法，用冷水毛巾敷额头，尽量用些普通的中成药就可以了。"说完，又走出去喊正忙碌的刘雨佳护士，说："刘雨佳，你过来一下。"

刘雨佳护士满头大汗，神情紧张地跑过来。张医生说："这个患者是我的朋友，你留一下他的电话，随时问一下病情发展情况。"

刘雨佳赶紧说："我认识，我认识，他们就是我领过来的。"

"那就好，你记得随时了解他们的病况发展。"张医生嘱咐完，跟蓝枫打声招呼，又坐下来接诊其他患者。

蓝枫正要走的时候，张医生又喊住他："你别在我们医院排队买药了，估计我们医院这些药都快没了，赶紧去外面找药店买！"

蓝枫再次连说谢谢，他虽然不明白张医生为何把已经开好的处方撕了，又重新开一份，但医生这么做肯定有他的道理，何况自己还是朋友介绍的，所以心里还是充满感激。他背着萧咏走出科室却找不到牛德华了，转过走道，发现在科室的尽头，牛德华拎着他的包，模样十分滑稽，在人群里屁颠屁颠地跟在刘雨佳护士后面，不知说些什么。蓝枫扯着嗓子喊了一下"潘表弟"，牛德华回头应了一声，跟刘雨佳护士招了招手，又屁颠屁颠地跑回来，跟着蓝枫往外走。

奔波几个小时，好歹以最快速度拿到了处方单。中国是一个人情社会，有时候为了便利办一些事情，不一定非要送个红包啥的，但真的缺不了人情关系！

蓝枫背着萧咏出来的时候，看着依然排着长队的挂号处，心里还是庆幸不已。萧咏挣扎着要从蓝枫背上下来，蓝枫一直背着她，她心疼得不行。但蓝枫不让，他担心萧咏走路不稳会摔着。

蓝枫背着萧咏走到大街上，天已经有些微亮了，牛德华去开车。

街上的行人少了很多，来去匆匆的都是往医院跑的人，街上的门店大多也关了。冷风一吹，蓝枫不禁打了个寒战，他才突然感觉自己内衣已经湿了干、干了湿几次

了，只是他的心思都在萧咏身上，没顾得上自己。

蓝枫知道现在找药店买药不可能了，医院没药，又不能打针退烧，想着家里应该还有些退烧药，此刻最好的办法还是回家去，至少家里暖和很多，而且还有药。马路上的风有些冷，蓝枫赶紧先放下萧咏，脱下身上的风衣，把萧咏裹得严严实实像个粽子。

"我们回家吧，我教你那几个舞蹈动作的技巧，马上要进行排练性预演了。"萧咏惦记着她的舞蹈。

蓝枫听了，嗓子一下有些发干，正要回答，他突然发现李旭峰匆匆忙忙跑过来，满头的汗："情况怎么样？病看完了吗？医生怎么说？"

这大半夜的，李旭峰还跑过来，这让蓝枫很感动："还好，医生也没说什么，现在医院的检测负荷到了极限，我们在这里等候检测结果反而会有感染的风险，也许是急性感冒，只是让我们在家休息观察。"

萧咏也很不好意思："我没什么大碍，团长您别挂心，我休息两天就好，保证不会影响预演排练。"

"那就好，我担心得不行，这样，我送你们俩回去好好休息，你们先观察两天。"李旭峰心里还是很不放心。

　　"不用不用，你也很辛苦，这么老远跑过来，你早点
回去休息，我们有朋友送。"蓝枫赶紧阻止着说。

　　"那好，你们俩好自保重，我先回去了。"

十六

　　牛德华把蓝枫和萧咏送到了小区，一路上他很开心，他觉得蓝枫这样的人，既是企业的高管和金领，还是投资行业的成功人士，能把自己当朋友，还亲口跟医生说跟自己是好兄弟，他觉得很荣幸。这也让刘雨佳觉得很是自豪，刚才刘雨佳还问牛德华怎么跟蓝枫大哥关系这么好，他顺势吹了个牛，说蓝枫和自己一直有交往，一直计划要投资他的连锁茶庄，还说蓝枫本来计划要亲自帮他做媒，去说服她爸爸，是被萧咏嫂子的病给耽误了。刘雨佳听了，也很开心。

　　牛德华从后备厢拎出一块猪头肉，要送给蓝枫：没有蓝枫的关系，就算有刘雨佳，他今天也不一定能见到医生！即使见到医生也不一定有处方单。何况今天蓝枫还表态要投资自己的事业，把自己当好兄弟呢！

　　但蓝枫坚决不要，他和萧咏都不喜欢吃猪头肉，还调侃地说他不是"水浒"里面的英雄好汉，既不喜欢大碗喝酒，也不喜欢大块七肉。牛德华看蓝枫还在调笑自己的网名，只好说："那我回克大块七肉了。"临了又说："大锅，今天谢谢你了，我看嫂子比我严重得多，你还是要想个办法让嫂子住院才好。"蓝枫点点头，挥手送牛德华开车离去。

回去的路上，牛德华心里很是敞气，因为蓝枫承诺帮他去说媒，还承诺投资给他，看来自己的事业发展有望了！他一个人在江城打拼这么多年，不像别人有亲朋的资助，也没有人可以好好地引导他，江城这么大，他现在只有刘雨佳一个亲人。最重要的是，有了事业，可以让刘雨佳的家人看得起，不再阻拦他和刘雨佳的恋情。

牛德华家在汉南县和汉西市交界的地方，从杨林尾镇边大堤上下去，过了东荆河一个简陋的渡口后，沿着东荆河岸堤一直往东南方向走，经过长长的巩固村后，就到了晓阳村，牛德华的家就在这里。父亲去世得早，家里只有老母亲一个人。高中毕业后，牛德华安顿好母亲，就从这里离开，去了城市里打工。

晓阳村以前就是一个排洪区，属于联合垸的一部分，每年一到汛期，洪水就会从决口处涌进来，将整个联合垸

灌得满满的，像一个巨大的湖泊，一眼望不到边。

"沙湖沔阳州，十年九不收"，这个流传下来的谚语说的就是联合垸。没有洪汛的时候，联合垸是极美的地方，是天然的湿地，河沟纵横交错，鱼类众多，走到联合垸中心地带，一望无际的原野湿地上，即使一个干涸得只剩小水洼的河沟，用脚踩几下，也能踩出几条藏在淤泥里面的大黑鱼出来！据说这里1949年前是洪湖的一部分，这里盛产稻米和芦苇，还有藕带以及菱角，《洪湖赤卫队》的新版电视剧和旧版电影都是在这里取景拍摄的。只是这里太穷了，除了农业，基本没有什么发展的产业。

现在冬季，家乡一些种植基地都采用了大棚菱角高效栽培技术，有早熟菱角，也有延长采收期的晚熟菱角，今年全年气温都偏高，现在这个时节应该还有晚熟大棚菱角上市。牛德华急着要给家里打个电话，让留守家里的伙伴寄一些新鲜的菱角过来，他要送给蓝枫，嫂子病成这样，菱角可是天然的好补品。

回到家，蓝枫把萧咏放到卧室床上，出门的时候走得急，暖气和灯都没关，家里还是显得暖和而温馨。他赶紧换了一套衣服，用冷水浸了毛巾走进卧室。萧咏双颊绯红，平时肤色就很白皙，在床头灯的烘托下，精致的小脸显得特别娇媚。她软弱无力地看着蓝枫。

蓝枫走过去紧紧地抱着萧咏，轻声地说："你别说话，医生说没事，你只是人品值下降了，颜值又太高，两者在你身上结合后，发生化学反应，导致基因二维码混乱，引起了感冒。"

萧咏知道蓝枫在信口胡编鬼话哄自己，勉强挤出一丝笑容："马屁能不能拍得真诚一点？"说完像是很疲惫似的又闭上了眼。

蓝枫见状，赶紧把湿毛巾叠好放在萧咏的额头上，一只手按着毛巾，一只手紧紧地连被子抱着萧咏。然后夸张地跟她讲牛德华和刘雨佳的事情，并一本正经地说："我发现我有做媒婆的潜质啊，金融行业太累了，风险也大，也不好玩，等咱俩结婚了，我打算改行开一个婚介公司，力争做中国金牌红娘，躺着赚钱！"

病得浑身不舒服的萧咏被逗得哼哼唧唧地笑，过了好久，萧咏就迷迷糊糊地睡着了。

蓝枫不敢休息，拿着有些发烫的毛巾又去浸了冷水，帮萧咏敷在额头上。不断地变换着敷了几次后，萧咏居然

慢慢有些退烧。最后一次，浸了冷水的毛巾也不热了，萧咏呼吸均匀，安静地沉睡了。

此刻蓝枫才有些放心，同时还侥幸地想着萧咏是舞蹈专业的，身体素质相当不错，不至于那么容易染上什么新冠病毒，或许只是流感而已。看着萧咏安静的面容，蓝枫此刻才感觉异常疲惫。

十七

天亮后，蓝枫给萧咏做了一顿早餐，就是稀饭加咸蛋，他现在有些不敢随便去街上买东西给萧咏吃了。

照顾萧咏吃完早餐，蓝枫按照医生给的处方单买了药，先给老爷子去了电话："爸，江城现在可能在流行新型冠状病毒，你可不要出门，即使出门也要戴口罩啊。"

"我能有什么事？每天都散步几公里，身体好着呢。"老爷子在电话中好像不是很在意这种说法。

"倒是你们俩，过完春节就要结婚了，你们该准备的要准备了，要有个具体时间规划，我好通知一些亲戚朋友。咱们家也没什么亲戚，你妈妈那边和我们老家亲戚，也就七八个人要邀请一下。"

"嗯嗯，我知道的。"蓝枫随口应着。

"你要给你岳父岳母去个电话，不仅要说明结婚的具体时间，他们家亲戚朋友多，做准备的时间也长，你春节后再急慌慌地通知别人结婚时间是很不礼貌的，是对亲人

们的不尊重。而且，快过年了，你也要每天打个电话给你岳父母，他们就一个女儿，怎么可能不操心呢？"

"好的，好的。"蓝枫赶紧应承，结婚是人生大事，确实不能临时通知别人。

"我今天已经叫保姆和护工回乡下过年去了，这段时间打算去黄鹤楼专家书画室写写字，你们不必操心我，我自己随便做几顿饭还是没问题的，你们俩照顾好自己。"

老爷子像往常一样絮叨，蓝枫不断地应承。挂断父亲的电话后，他马上又给岳父去了电话。岳父听说情况，很是狐疑，但他安慰蓝枫："应该可以判断是流行性感冒，如果真有新的病毒疫情，H省方面应该会采取措施，不会没有一点动静。"他嘱咐蓝枫照顾萧咏吃药以后好好休息几天。蓝枫见岳父这样说，也就不好解释什么了。

快到中午的时候，李旭峰居然带着校医佟伟杰上门来了。萧咏的病让他担心得不行！再过一两天就要预演排练了，万众瞩目，如果主角萧咏不能参加排练，那对艺术团对艺术学院都是天大的事情！自己的前程搞不好也毁于一旦。

这个校医佟伟杰蓝枫也认识，以前是江城医院妇产科一名普通大夫。一个大老爷们天天在妇产科混，不仅闲言碎语调侃的多，在家里也被老婆真真假假地骂。他干脆辞了职，跑到江城艺术学院做了一名校医。

蓝枫赶紧把李旭峰和佟伟杰医生让进家里。佟医生看了看萧咏的脸色，仔细询问了萧咏的状况，判断是流感。他看了昨天张医生开的处方，觉得没问题，吃点药，休息一下就好。

李旭峰这才有些放下心来，只要能让萧咏上场表演，对他来说，形势大好的局面就不会发生改变。

临走时，李旭峰还是不放心，叫佟医生亲自写下一份食谱交给蓝枫。

李旭峰和佟伟杰医生走下楼后，佟伟杰有些欲言又止。李旭峰敏锐地感觉到他要说什么，果断地拦下一辆的士："我有些忙，不能送你回学校，你自己打的士回去吧。"

佟伟杰看到李旭峰不想让自己发表意见的表情，只好微微摇头就走了。

李旭峰刚开上自己的车，就收到了佟伟杰发来的一条微信："李团长，您还是找一位女医生给小萧看看吧，她

不适合吃药，更不适合后天的预演排练，我的水平有限，无法给小萧开药。"

李旭峰看着短信有些发呆，他想了想，将校医佟伟杰这条微信删除了。

牛德华下午跑过来送菱角，他本来想让家乡的伙伴寄过来，结果正好今天老家有人来江城，就顺便带过来了。他赶紧把一大袋新鲜的菱角给蓝枫送过来，又去菜市场买了大半斤新鲜猪肺，他对蓝枫说："大锅，我感觉有些难受，胸口不舒服，嗓子经常很痒，感觉不像是感冒啊，嫂子是不是这样的症状？"

牛德华这下倒是提醒了蓝枫，他还真的没问过萧咏生病的感受。

"新鲜的菱角止咳补气，你加一些新鲜的猪肺和大米煮成粥给嫂子吃，可能会好一些。"牛德华说。

蓝枫心里很是感激，牛德华表面看上去粗粗壮壮，心却细得很，菱角是秋冬补品，尤其是新鲜菱角，确实有帮助胃肠消毒解热、健力益气的药用功效。一大袋新鲜菱角，上面的菱角叶子还带着水，可见是刚刚采摘下来的。

十八

送走牛德华之后，蓝枫发现萧咏睡着了，呼吸均匀，不像医院那些患者胸口起伏剧烈，还喘着粗气，他也不好喊醒了问。去厨房把猪肺清洗了，又剥了小半斤菱角，煮了半锅粥，自己先盛半碗尝了尝，很好吃！他盛出大半碗晾了一会儿，叫醒萧咏，要一勺一勺地喂给她吃。奇怪的是萧咏不想吃，说肉腥味让她有些想吐，她从来不吃猪心猪肺之类的东西，埋怨蓝枫干吗在新鲜菱角粥里面加猪肺。

苦口才是良药啊，蓝枫不同意，这样的做法正好可以补萧咏的身子，非要萧咏坚持吃完。萧咏想了想说："那你这样，去拿一点酸榨菜来，去去肉腥味，我再吃。"蓝枫拗不过，只好去厨房加了一点酸菜，让萧咏伴着吃了。

刚吃完，刘雨佳打来电话："蓝枫大哥，你要搞清楚嫂子到底是流感还是其他病症，不对症下药恐怕会有问题呢。德华没去上班了，在出租屋休息，你若有什么事，可

以让他开车帮你办理，你照顾好嫂子就行了啊。"

蓝枫很喜欢这对小情侣，没有心机，为人也很热诚。

萧咏的病让蓝枫实在坐立不安，但又没什么更好的办法。老爷子那边，他只能早晚都主动给老爷子去两次电话，担心老爷子身体会有什么问题，萧咏的病况让他实在无暇分身。

快到晚上的时候，蓝枫从新闻上看到江城通报了把不明原因的病毒性肺炎命名为"新型冠状病毒感染的肺炎"的消息，马上给老爷子去了个电话。听到老爷子在电话中有些微咳了，他心里很是不安。尽管老爷子说没事，并解释说可能这几天黄鹤楼专家书画室没开暖气，有点清冷导致的。

蓝枫感觉老爷子是不想让他担心，就抽空买了些治疗感冒和咳嗽的药跑过去，顺便带了些牛德华送的菱角。他想好了，如果老爷子有什么事，他必须立刻让老爷子搬过来一起住，这样，他就可以照顾两个人，不用分心分身两头跑了。

蓝枫赶到江口同兴里老宅的时候，老爷子正在庭院里踱步思考着什么。看到老爷子身体无恙，蓝枫心里放心很多。

老爷子对蓝枫赶过来看他很奇怪，这是儿子以前没有过的事情，看来是真的长大懂事了。但他还是镇定地对蓝枫说："我大部分时间待在书房里写东西，能有什么事？虽然有些咳嗽，也不打紧，除了去黄鹤楼专家书画室，也甚少出门，你们年轻人喜欢到处跑，你们照顾好自己就行了。"

"您没事就好。如果有什么事，您要跟我说，我好照顾您，免得我两头跑。"

"嗯？两头跑？你的意思是萧咏病了？"老爷子反应很快，转过身，神情变得很严肃，盯着蓝枫的眼睛问。

"嗯，可能是得了流感，现在估计是流行性感冒暴发时期，我担心您也感冒了，所以来看看。如果可以，我想接您到我那里去住，方便我照顾您。"

"我没什么事，有事我会告诉你，不会让你两头跑，你赶紧回去照顾萧咏，别在我这里浪费时间。"老爷子很是担心，他撵着蓝枫，叫他赶紧回去。

蓝枫看老爷子真的没什么事，也就不勉强，顺手把菱角放到八仙桌上，打算转身回去。

老爷子看到新鲜菱角，喊住他："你从哪里买来的新鲜菱角？"

"是从汉南县刚采摘回来的，一个朋友送给我，有点

多，我就分了一点给您。"

"哦。"老爷子若有所思地说，"你妈年轻的时候爱吃菱角，当年文艺下乡的时候，我和你妈也是在汉南县。"

"啊？"蓝枫第一次听到父亲讲他和母亲的事情，小时候也想过父亲和母亲怎么认识的问题，但从没问过。

"来年春天的时候，我想把院子里的鱼池扩大一些，种些菱角，你帮我问问你汉南的朋友，能否帮我买些菱角苗回来？"

"好，我马上帮您安排。"看到父亲眼角有些湿润，蓝枫有些懊悔送菱角回来，没想到菱角勾起了父亲对往事的回忆，他希望父亲健康就好，不希望他沉湎于过去，活在感伤中。

天快黑的时候，蓝枫赶到家，发现李旭峰已经在小区门口站着等他了。看到蓝枫回来，李旭峰迎上来，手上提着一大袋药，递给蓝枫说："校医佟伟杰和张医生的判断是一致的，认为萧咏就是得了流感，所以我特意让佟伟杰医生开了一些治疗流感的药过来。这些药我还问过张医生，张医生觉得没问题，认为吃了会好得快。"

蓝枫连连感谢，两个医生都诊断萧咏得了流感，这让蓝枫很高兴！只要不是新型冠状病毒感染的肺炎，那就是最好的结果了。

十九

晚上，蓝枫给萧咏又煮了一些菱角粥，这次他只放了少量猪肺，加了些榨菜，萧咏居然大口大口吃了。

李旭峰送来的药果然很不错，萧咏吃了后出了一身大汗。晚上蓝枫又给她喝了几次温开水，早上的时候，萧咏身体虽然还是有些虚，但相比前两天好多了。

明天就要预演排练，李旭峰打电话过来的时候，萧咏正拉着蓝枫在家里排练，舞蹈是她的事业，也是她的生命！让更多人看到鹤舞的美，感受到厚重的历史文化的艺术魅力，这就是舞者的心愿。

蓝枫其实不愿意萧咏这样搏命，什么事业，什么理想他压根儿就不在乎，目前生活优越，他已经很满足，他只在乎他的爱人！萧咏身体刚刚好些，就这样拼命排练准备演出，让他很心疼。对于明天的演出，他隐隐约约有不好的预感，心里替爱人捏着一把汗。

对于演出，比萧咏更在意的就是李旭峰了。中午的时

候，李旭峰竟然把萧咏的伴舞带到蓝枫家里来。蓝枫虽然很不快，但考虑到明天预演排练也很正式，不能出差错，如果伴舞和萧咏配合不默契，确实会导致演出效果打折扣。

排练了一天，萧咏累得不行，但和伴舞默契度提高不少。李旭峰和伴舞离开的时候，嘱咐萧咏晚上一定要记得吃药，好好休息一晚。

晚上的时候，蓝枫给牛德华打了个电话，告诉他萧咏明天演出的事情，叫他上午早点过来一起去。蓝枫心里隐隐约约有些不安，而且不安的感觉越来越强烈，但他看着萧咏没事的样子，感觉可能是自己过于担心了。

临睡前，萧咏问蓝枫："你还记得我们的鹤舞是怎么创作的吗？"

"记得啊，怎么了？"蓝枫有些奇怪。

"明天的排练，你可否还像第一次那样朗诵那些诗词？"

"可以啊，我还记得呢！当初为了追你，我把那些诗词提前背得滚瓜烂熟。"蓝枫马上明白萧咏的意思。

"坏透了！"萧咏轻轻地捶了一下蓝枫，"我觉得有你朗诵的话，明天的排练我会发挥得更好。"

"可以是可以，问题是你的伴舞他不知道啊，我的朗诵会不会影响他的发挥？"蓝枫有些怀疑。

"应该没事，我明天在预演前会和他沟通好，艺术是相通的，他会理解的。"

早上，蓝枫和萧咏刚起床，牛德华就过来了。他穿着西装打着领带，头发抹得油光水滑，居然还捧着一束花，只是脚上穿着休闲运动鞋，显得十分土气和不搭。蓝枫忍住笑，赶紧拿出一双自己的皮鞋，叫牛德华换上。

李旭峰也过来了，手里还提着新鲜猪肝，说要亲自给大家做一顿早餐。蓝枫感觉李旭峰客气得有些过头，但考虑到萧咏的成功关系到艺术团的发展，甚至李旭峰的前程，也就理解了。再说，萧咏大病一场，李旭峰跑前跑后表现出的紧张和关心，让蓝枫觉得李旭峰作为团领导也很尽心尽力。

李旭峰在厨房，不让蓝枫打下手，叫他专心伺候好萧咏。牛德华自告奋勇地进去帮忙，他本身也在火锅店工作，李旭峰也就不说什么。

四人有说有笑地吃完早餐，李旭峰又亲自倒了杯温开

水，看着萧咏吃完药，四人才一起下楼开车去了艺术团。

艺术团预演场地就在江城艺术学院排练厅。领导还没来，但后台工作人员早就到了，看到萧咏到了，立刻围上来，如众星捧月一样，把她拥到化妆台前。蓝枫跟李旭峰说了一下萧咏昨晚的建议，李旭峰也觉得这个主意不错，他只听说当初萧咏创作这套鹤舞的时候，就是从蓝枫伴随音乐的咏唱中获得了灵感，但没见过。萧咏提出这样的建议，只要能让她发挥得更好，李旭峰当然同意。

李旭峰叫来后台音乐总监，把新创意跟他谈了一下，叫蓝枫和他一起去音乐间讨论。

二十

牛德华觉得很有趣，他是第一次到大型音乐舞剧的后台，看什么都新鲜。

舞台采用全新的舞美设计，用灯光和投影将整个江城的重点历史文化景点全部浓缩在舞台上，让人感觉身临其境。

九点半的时候，主要领导都到齐了，相互礼让着在前排落座。李旭峰跑到音乐间，问蓝枫准备好没有，蓝枫回答："准备好了。"李旭峰又马上跑出去参与指挥。

音乐起，舞台的中央通过3D效果飞出几只黄鹤，围着黄鹤楼飞翔；一湾江水在舞台中央，还出现几只帆船；舞台的一角，出现一个长袍鹤须的老者，弹奏着古琴，一曲《高山流水》如舞台中央的江水一样，缓缓流动。

牛德华在后台看得目瞪口呆，这么美轮美奂的宏大场景，他还是第一次看到。到萧咏嫂子出场了，她穿着如仙女一样的绫罗彩带裙服，和着音乐翩翩起舞，似乎在古琴

台上，又似乎在黄鹤楼边，也像在江面飞舞。牛德华不懂这些，只是感觉萧咏嫂子美得惊艳！他打心眼里替蓝枫大哥感到幸福。突然，耳边响起了蓝枫大哥用沧桑的语调缓缓表达的吟诵声："犹忆去岁春，寒江晤新人……君曰抚琴早，黄鹤恐未归。闻声旋律断，微微意来人。何故断桥立，侧耳闻清音。冠蓬蓑衣镰，君若砍樵人。"

随着蓝枫大哥语速的加快，萧咏嫂子的动作越发激越起来，动作幅度很大，旁边的伴舞也跟着萧咏嫂子在不断地旋转。突然，萧咏嫂子一个大幅度的跳跃后，不知是伴舞没有接住，还是什么原因，只见萧咏一个踉跄倒下了。牛德华不知所措，不知道这是舞蹈要求还是真的倒下了，耳边只有蓝枫大哥的如诉如泣的吟诵声。伴舞也停下来，他走近萧咏，把她的头抱起来，回头冲着后台拼命摇手。有人从牛德华身边冲过去，也奔向萧咏。舞台下的人们骚动起来，好多人都站起来了。牛德华这才意识到萧咏嫂子出事了！

蓝枫在音乐间听到舞台中间的骚动，他赶紧停下来，走出音乐间探头一望，最不想看到的一幕出现在他眼前，有人抱着萧咏，后面一群人跟着，冲出了舞台！

蓝枫眼前一黑，差点倒下，他赶紧扶了扶墙，稳了一下神，向萧咏冲过去。

人群在排练厅外停下来，不知谁找来一个报幕的布铺在地上，萧咏躺在上面。蓝枫冲过去拨开人群，一把抱起萧咏的头，让她的头躺在自己臂弯里，尽可能舒适些。

有人打120，没人接；有人打110，乱成一团。突然，不知谁大喊一声："现在打电话没用，就算去了医院也没用，医院现在爆满，全是排队看新型冠状病毒感染的肺炎病人！还不如请校医佟伟杰过来！"

一语提醒了众人，李旭峰赶紧拿出手机拨打校医佟伟杰的电话，刚才就是他第一个冲进舞台，把萧咏抱出来的。蓝枫听了不管三七二十一，抱起萧咏直接往校医佟伟杰的门诊冲过去。

蓝枫把萧咏刚放在校医门诊简陋的床上，佟伟杰就匆匆进来了。一把推开抱着萧咏头的蓝枫，让萧咏尽量平躺，并按住萧咏的人中穴，叫一个小护士拿出一瓶葡萄糖注射液给萧咏挂上。

过了几分钟，萧咏慢慢醒了，眼神有些茫然。

各大医院现在爆满，所有的医疗力量都在疏导和救治新冠病毒感染的肺炎患者，蓝枫清楚这个情况。好歹现在

萧咏苏醒了，佟伟杰说她没什么大碍，前几天得了一场严重流感，身体本来虚弱，就是低血糖导致的，不适合剧烈运动，静养就好。

萧咏在校医门诊部待了一晚上，牛德华一直陪着，帮着蓝枫打些下手。李旭峰中间来过一两次，满脸歉意。现在这样的情况，萧咏不可能上场了。他更需要向领导解释说明，并重新调整人选。

回到家休息了两天，萧咏似乎好了些，前几天的感冒好像又复发了。他和萧咏回家的时候，佟伟杰医生特意嘱咐过他，此前李旭峰团长送过去的药不能再吃，如果再次发烧，绝对只能物理降温，或者吃些中成药来降温，要尽快查清是流感还是新型冠状病毒感染的肺炎，最好去大医院住院检查确诊后治疗比较好。

二十一

　　这两天，蓝枫每天上午下午都和牛德华约着去了几家医院，拥挤的患者一次比一次多。每次看到医院拥挤的人群，蓝枫胆怯得不敢进去，好多人来医院也不戴口罩，这样下去交叉感染的概率很大。牛德华却不管这些，每次到了江昌医院，他都去找刘雨佳护士聊很久，让蓝枫等得不胜其烦，因为把萧咏一个人扔在家，蓝枫很不放心。

　　这次排练预演后，萧咏的情况越来越不好，症状更重了！蓝枫觉得萧咏必须住院治疗，待在家里肯定不行。

　　蓝枫尝试着给120打了电话，但电话始终处于忙线中，估计同样的病患特别多。蓝枫又打电话给市长热线，说自己爱人可能染上新型冠状病毒感染的肺炎，情况很不好，急需隔离治疗。接电话的客服冷冰冰地说："您爱人有病，应该打120，而不是市长热线！"

　　熬到第二天，萧咏已经十分虚弱了，有时候甚至出现了像医院的患者那样喘粗气的症状。蓝枫觉得不能再这样

无为无助地等下去，他当即做出了几项决定。首先给公司打了再请假一个月的报告，至于批不批，他顾不上了。然后搜集了江城周边地区的三甲医院，目光盯在经济稍微发达且离江城比较近的汉西市。中国的医疗技术向来集中在大城市里，江城地区各大医院现在都人满为患，且不排除下面各市的病人也直接往各大医院拥过来。市县医院虽然技术条件略差，但应该可以得到有效的治疗，总比待在家里强很多。肺炎疫情目前主要在江城出现，下面市三甲医院应该没有太多的患者。

想到这里，他给张医生发了微信，告诉了张医生他的想法和计划，又给刘雨佳护士打电话，告诉她决定今天带爱人去汉西市看病。

刘雨佳护士说："汉西市的情况我不清楚，但疫情发展很快，汉西市离江城又太近，恐怕情况也不乐观，我建议你先等等。"

蓝枫刚给刘雨佳护士打完电话，牛德华的电话就进来了："大锅，你是不是要带嫂子去汉西看病？"

"是滴呀。"蓝枫说。

"刘雨佳说汉西市的情况不见得比江城好到哪里去，

不少市的医院以'莆田系'为主，没病都会给你看出一身病出来！我如果去的话，搞不好会把发热病当尖锐湿疣来医治。所以，大锅，你还是别去了。"

刘雨佳护士和牛德华的电话让蓝枫有些犹豫，他走进卧室，萧咏还在沉沉睡着。他来到洗手间，用冷水洗了一把脸，不禁打了一个寒战。他还是觉得不能再等，与其这样被动地等下去，不如赶紧去汉西，至少能住院治疗。

回到卧室，他轻轻地搂着萧咏，萧咏一下子醒了。

睡了一觉，萧咏感觉好了很多，身上也不那么烫了，恍惚地问蓝枫："你怎么了？怎么这么早？"

蓝枫知道萧咏可能烧得有些迷糊了，赶紧说："我没事啊，我倒杯水给你喝。"萧咏也确实感到口渴了，居然一下子喝了两大杯温开水。喝完后，萧咏清醒了很多，她问蓝枫："我是不是病得很重？"

"哪有！你只是感冒了，加上有些发炎，你感觉怎么样？有哪些症状？"

"喉咙疼，胸口也疼，浑身没力气，有时候感觉喘不上气来。"萧咏轻声说。

"应该没事的，你是高颜值和低人品在你身上产生冲

突，调理身体就好，汉西医院的特色专科门诊更好一些，我今天要带你去。"蓝枫小心翼翼地撒了个谎。

"嗯，没事的，我睡睡就好，就是感冒了，加上你老惹我生气，我是被你活生生给气坏的！"萧咏翻了个白眼嗔怪地说。

"好好好，是我的错，咱们今天要谨遵医嘱，先去汉西医院把病看了再说，好不好？回来任你算账。"

"好吧，我回来教你那几个舞蹈的关键动作。"萧咏还是很敬业的，虽然自己不可能上场表演了，她始终挂念着春节团拜会别人替补上场表演的事情，说完萧咏极力地装作轻松地笑了。

其实她心里清楚，自己可能染上了可怕的新型冠状病毒。她的爱人表面上不正经，其实骨子里正经得很，相当有主见。即使自己难受，也会故意装作轻松来安慰她，心里肯定很煎熬。以他的性格，向来是遇到问题便思考解决方案，不会轻易做出什么决定，既然决定了，肯定是经过周密思考的。她帮不了他，她能做的，只能是全力配合。

二十二

临走时，蓝枫给老爷子去了个电话，告诉他萧咏的情况，江城这边找不到医院住院，他要带萧咏去汉西医院看病。老爷子在电话中比上次咳嗽得似乎厉害些，这让蓝枫心里一阵紧抽，但老爷子依然说没事，自己吃了药，还熏了些艾草，叫他赶紧带萧咏去汉西看病。临挂电话时，老爷子顿了顿，又叮嘱说："既然这是传染病，你也要注意自己的健康，做好防护。"

蓝枫打电话给牛德华："潘表弟，我还是决定去汉西市看看，在家里等着也不是个办法。"牛德华说："那我跟你们一起去吧，反正我也要看病，我跟你们去，你也有个帮手不是？多双眼睛也好鉴别是不是'莆田系'的名老中医给我们看病。"

蓝枫虽然觉得有道理，但并没有答应，他有个疑问：刘雨佳本身是发热门诊的护士，牛德华看病应该不是问题啊？就算不能去住院，待在家里，刘雨佳也是可以天天帮

他打针治病的呀，为何要放弃这么好的条件，跟自己去汉西？

牛德华在电话中听出了蓝枫的犹疑，他不好意思地解释说："刘雨佳的老头子安排了几个亲戚天天盯着，不让我和刘雨佳见面了。而且有几个年轻小伙子来家里威胁过几次，估计是她堂哥堂弟还是什么亲戚，好几次跟我闹口角，把我打了，还把我家里的东西都砸了，待在家里还不如跟你去汉西看病啊。"

"太他妈过分了，你怎么不报警呢？"蓝枫有些生气。

"报啥警啊？她老头子本来就是警察啊。"牛德华说。

"哦？那你和她老头子见过争吵过了？"蓝枫问。

"没有啊，是刘雨佳表锅，对，就是那个赵磊啊，他告诉刘雨佳老头我上班的地方的，又跟踪到我住的地方了。"牛德华心里很是委屈。

蓝枫一下子对赵磊这个朋友印象有点差，怎么可以这样呢？人家两人相爱，关你什么事呢！你不祝福也就罢了，还捣蛋就不合适了。

"那行吧，你跟我走吧，搞邪了！等咱们病看好了，我替你收拾他们！"蓝枫说。

他看看时间，现在还早，就跟牛德华约好下午两点出发。老爷子咳嗽比上次更厉害些，他不放心，想先去看看老爷子再去汉西。

老爷子几十年一直住在江口同兴里老宅子里，马上过年了，路上堵车堵得不行，尤其是一桥大桥上车辆龟速，让蓝枫着急。

到了江口中山大道，街面也是川流不息，行人戴口罩的不到20％，大部分人没事一样，像往常一样来去匆匆。

生活啊，就是这样，每个人都有自己的幸福，每个人也都有自己的煎熬，但时光总是将这万千故事化作阳光、雨露、疾风、劲草，化作蓝天白云，化作繁花似锦，也化作雪花飞舞，化作一切自然的安宁，缓缓度过，不会因为芸芸众生的幸福或者煎熬而有什么改变。既然我们无法改变这世界本来的一切，我们为何非要做改变这个世界的梦想呢？

蓝枫不想改变什么。他没有父亲那样的学问，在文化的领域有所建树；也没有父亲年轻时候的追求，致力于在

历史上添加上自己的笔墨。他从来没有那么高的雄心壮志，他觉得平凡地活着没什么不好，和自己的爱人，过着小有情趣的柴米油盐的生活，有什么不可以？这就是蓝枫的人生观。

开了半天车，蓝枫才发现自己在车上戴口罩憋了半天气。

回到老宅，老爷子正在房间一边咳嗽，一边踱步思考着什么，抬头见蓝枫一个人回来，有些诧异。蓝枫见老爷子身体没什么事，心里才有些放心。为了不让老爷子担心，他随口给老爷子撒了个谎："萧咏的情况比较稳定，只是江城这边医院爆满，我担心去江城医院看病反而会引起交叉感染，所以想带她去汉西的医院看病，那里人少。而且，她赶着要参加省里组织的春节团拜会，这几天排练鹤舞《归去来兮》，可能身体有些吃不消。"他不敢告诉老爷子前几天萧咏预演排练时昏迷的事情。

"嗯。"老爷子轻轻地应了一声，又略有所思地告诉蓝枫，"我的著述《楚汉社会补遗》就要收尾了，这是国内第一部研究黄鹤楼、古琴台、鹤舞、知音等与江城历史相关的学术著作，争取今年出版。"

蓝枫明白老爷子的心思，他一生治学严谨，而这可能是他的另一个"儿子"，这部学术巨著，倾注了他近十年的心血，绝大多数内容都给蓝枫、萧咏说了，成为萧咏打磨完善鹤舞《归去来兮》的主要灵感来源。这部巨著面世了，父亲就可以放下心来，安心养老，等着含饴弄孙了。

老爷子有点迷信中医，家里熏着艾草，看来老爷子也知道目前江城的肺炎疫情，这让蓝枫稍稍放心些。

蓝枫出门给父亲多买了一些肉菜、米面，还有一些消炎药和营养品，粗手粗脚做了几个菜，父子俩在偌大的一张八仙桌上默默吃饭，这是很多年没有的场景，久违的正午阳光照进来，老爷子虽然咳嗽着，但吃得津津有味，没有注意到蓝枫眼里的泪水。

二十三

接近春节，高速公路上的车辆也开始变多了，牛德华小心翼翼开着车，他不敢开快，一路都在吹牛，说不是路况好，是自己开车稳。还说自己当年刚出来工作的时候，因为头脑灵活，本来马上要提拔做领导司机的，差点就飞黄腾达了，只是跟的那个领导嫖娼时不小心被抓了，自己只好去了古琴台的茶庄做个经理。他叹着气："本来熬几年，我也是要当领导的，谁知命运让我成了店小二。"转而又安慰自己："现在在火锅店也是个经理，好歹也算个领导了，等身体好了，再开自己的连锁茶庄，就是大领导了。"牛德华说完哈哈大笑。萧咏本来烧得有点迷迷糊糊，一路被牛德华逗笑得脸上红扑扑的。

牛德华的手机不断响起微信消息提示音，他看了消息说刘雨佳护士还在劝他们不要去汉西。蓝枫抱着萧咏坐在后面，今天天阴风大，十分寒冷，路上还结着冰，感觉快要下雪的样子。路上偶尔一晃而过的行人，都把自己包裹得严严实实。

在路上，蓝枫收到了张医生的微信回复，告诉他汉西的情况也不太好，医护人员连基本的防护服都没有，叫他暂时不要去。但蓝枫和牛德华已经在路上了，他想还是去试试。

岳父这时打电话过来，很严肃地告诉他："我向在广州医院工作的堂兄了解清楚了，江城确实发生了严重的新型冠状病毒感染的肺炎疫情，不仅没有特效药，很可能人传人，你不如带萧咏来广州看病。"

"但我已经在去汉西医院的路上了，江城患者太多，没地方住院，汉西医院应该可以。如果真会人传人，恐怕也会传到广东，如果没有特效药，到哪里看病都是一样的。"

"好吧，那你小心点，你自己做好安全防护，不要被感染。"岳父叮嘱他。

岳父提到的这个堂伯父蓝枫认识，他不仅是国内顶级的医学院教授，还是中医院呼吸科的专家。萧咏小时候离开家乡湛江，去广州读书，就是在这位教授家里住着。教授只有一个儿子，没有女儿，就把萧咏当女儿一样养着，

看着萧咏长大，直到萧咏考上了江城的艺术学院。蓝枫第一次去拜访岳父母的时候，这位鼎鼎有名的教授还叫萧咏带蓝枫去他家里吃过饭，蓝枫第一次上门去他家，还送给他一幅老爷子亲撰的字。但现在远水解不了近渴，既然没有特效药，那赶紧想办法找到医院让萧咏住院才是上策。

蓝枫赶到汉西医院的时候，已经是下午三四点了，萧咏感觉可以撑着走点路，她不愿意时时让蓝枫背着，怕他累着，坚持要自己走进去。蓝枫只好帮她戴好口罩，自己也戴了一个，扶着她，牛德华拎着三个装满住院用品的背包，慢慢地一步一步往前走。

医院大厅里人不是特别多，但也不少，蓝枫心里想，这么多人看病，应该是正规医院，"莆田系"老中医们年底应该回福建过年去了。

排队挂号的队伍不长，只是队伍里咳嗽的人很多，让蓝枫心里直犯怵。他捂了捂自己的口罩，又担心地回望了一下坐在远处椅子上的萧咏，萧咏也正看着他。他想了想，让牛德华一个人拎着几个大包占位子排队，自己去陪着萧咏。耗了三支烟的工夫，才排到牛德华，蓝枫赶紧挤过去，牛德华看看后面排着的长队，无视几双愤怒的眼睛，让蓝枫先挂号。蓝枫递上萧咏的身份证，对挂号护士说了声："看发热门诊。"护士低声回了句："知道。"这让蓝枫更加有了不祥的预感。

挂完号，他坚持背着萧咏，牛德华拎着大包小包，一起来到二楼发热门诊科室，一下子惊呆了，发热门诊科室走道上的人一点都不比江城的大医院少！但来了也没办法，只能排队了。

萧咏状态又开始差了，不断地咳嗽。牛德华脸上有些煞白，坐在椅子上直喘气。幸好蓝枫临出门的时候带了两个保温壶，随时能给他们一口热水喝。

到晚上8点多钟，才轮到萧咏的号。牛德华坐在椅子上休息了一会儿，似乎好了些。但萧咏已经走不动了，喘着粗气，处于很难受的状态。蓝枫抱着她走进科室，医生看了看萧咏的病历，又看了看萧咏的样子，责怪蓝枫："都已经病成这样了，为何不在江城看病？跑到汉西来，你这不是折腾病人吗？"

蓝枫差点哭起来，他几乎用乞求的语气对医生说："江城各医院都人满为患，也不知何时能排队看上病，但我爱人不行了，我只好到汉西来。"

医生看到蓝枫的表情，动了恻隐之心："病人的情况已经很危急！我们医院不具备治疗这种病的条件，你还是到江城大医院去吧。但今晚你不能再走了，再走恐怕你爱人到不了江城。这样，我先给她开点降温的药吧，不一定有效，但或许会好一点。"

蓝枫已经没了选择，只有反复说谢谢了。好歹能打上针，在家打不上啊，何况在医院，出现紧急情况，医生总不至于不管吧。

跟着轮到牛德华时，医生喊来蓝枫："你们是一起的吧？你这个朋友状态也不太好啊，你帮他一起抓药办手续吧。"

牛德华有些狐疑："你还没问我呢，咋知道我状态不好？"

医生拉下口罩，反问："那你告诉我，你状态好不好？"

牛德华："我……好像不好……"

"那不就结了？"医生瞪了牛德华一眼。

牛德华语塞了。

排队、抓药，叫医护人员，又耗了差不多一个小时，医护才真正帮萧咏和牛德华打上吊瓶。幸运的是，能各分到一张床，还有被子，虽然被子看上去脏得不行。

　　蓝枫想去外面帮他俩找点吃的，但太晚，天气又冷，小吃店恐怕早就收档了。好在这次过来，带了不少泡面，牛德华和萧咏吃不下，蓝枫只好自己一个人就着自带的开水吃了些。

二十四

打完针，天已经亮了，窗外依旧十分寒冷，只有几只小鸟在枯树枝之间扑腾。树叶都落了，没有树叶的庇护，小鸟好像也有点害怕寒冷，偶尔发出一两声叽叽喳喳，让这个冬天显得尤为凋零。

牛德华已经睡了，萧咏似乎又好了些，呼吸平稳，安详地睡着。两个晚上没有睡觉的蓝枫，此时也熬不住困意，他把风衣盖在萧咏的被子上，自己则连被子一起抱着，顾不上身边环境的吵闹，靠在萧咏身上迷迷糊糊睡着了。

一阵振铃声把蓝枫惊醒，是牛德华的手机。牛德华睡得很沉，蓝枫一看显示是刘雨佳护士，想了想，就接听了。电话那边传来急切的询问声："你现在情况怎么样啊，发信息给你了，没见你回，就打电话给你。"

蓝枫赶紧解释："潘表弟已经睡着了，我是蓝枫，没有叫醒他，替他接的。"

电话那头刘雨佳护士似乎尴尬地笑了笑，语气变得缓和些："蓝枫大哥，江城现在情况十分不好，如果汉西市可以确保住院治疗，那你们就安心先住着，我过几天情况好转点来看你们。"

"好的，好的。"

"还有……"刘雨佳护士说话突然有些吞吞吐吐，"蓝枫大哥，德华在江城没有什么亲人，脾气也不大好，辛苦你多照应他。"

"好的，好的，有我在，你放心。"蓝枫满口应承。

家里人的阻拦，并没阻止两人如此相爱。蓝枫很是替牛德华幸福，有人爱，有人牵挂，多好！

他挂了刘雨佳电话后，依旧伏着萧咏睡去。

等他醒的时候，萧咏已经醒了，面色红润，用一只手抚摸着他凌乱的头发，清澈的双眼爱怜地看着他。

蓝枫很是欣喜，一下坐起来："你好了？太好了！昨天我还担心得不行呢。"蓝枫摸了一下萧咏的额头，发现不烫了，而且体温感觉很正常。

萧咏声音有些虚弱，但很清晰地说："嗯，感觉好多了。估计你累坏了。"

　　"我哪有！"蓝枫喜滋滋地站起来否认，"我去叫医生啊。"

　　蓝枫转身走出去的时候，牛德华迎面进来了，边走边啃着鸡腿，另一只手还提着两份早餐。他早起床了，头发虽然凌乱，但精神不错，还去外面溜达了一圈，买了些吃的东西回来。蓝枫嘱咐牛德华看着点萧咏，他出去找医生。

　　萧咏的身体意外地恢复了不少，虽然还是有些虚弱，但让蓝枫突然精神百倍，无比开心，看来这个病也不是无药可治。但他心里还是有些不踏实，想去找医生来看看，更令人放心。

　　可能是早了些，科室值班处和外面没几个医护，但走道上还是很喧闹，而且还不断有咳嗽的病人在亲人的搀扶下，走进二楼发热门诊处。

　　于是他又回到病床前，对萧咏说："你好好躺着别动，我去帮你倒些热水来喝，顺便去楼下找找医生啊。"

　　"咦？咋不嘱咐我一下，有点关心，让我也暖一暖，好歹这些日子咱也培养出了感情吧？"牛德华啃着鸡腿，故作怨气地说。

蓝枫笑了一笑："我怕抢了刘雨佳的专属问候权，你好好躺着想她吧。"

萧咏这几天跟牛德华也熟了，笑了笑，打趣着说："德华哥是因祸得福啊，这病生得恰到时候。"她又转头喊住蓝枫说："你给我爸妈打个电话吧。让他们别担心，如果身体好些，我们就一起回去过年。"蓝枫答应一声："好咧。"

二十五

蓝枫走到医院一楼大厅，发现全是拥挤杂乱的人群在排队等挂号。心里暗自庆幸：幸好昨天来了，否则连病都看不上。

他顾不上这些，穿过拥挤的人流，径直找到热水间，接了满满两大壶开水，顺便去了一趟厕所。

走出热水间，发现挤进来的人更多了，想从大厅挤到二楼发热门诊，还有点困难。他退出大厅，来到医院后门，想看看有没有偏门上去二楼。找了半天，他发现好几个出口都被锁住了，只好折返进大厅，打算强行挤过去。

一楼大厅人潮更加拥挤不堪，人群里充满各种焦虑和谩骂。蓝枫顾不得那么多，怀揣着两个保温瓶，拼命地往里面挤。

等他满头大汗地挤过人群，来到稍微宽松的二楼楼梯口，扭头发现一楼大厅人群里有几处在躁动，好几拨病患者打起架来，很快，整个大厅乱起来，打砸的声音到处都是。拥挤的一楼大厅各种物品到处乱飞，砸得四处乒乒作响，挂号处、药房等地方玻璃破碎声此起彼伏。不少医护人员只好纷纷逃离，从外面大院冲进来几个保安，但也控制不了这种混乱的局面。整个医院一下子像炸了一样，吵闹无比。

蓝枫心想坏了，他三步并作两步地跑到二楼萧咏的病房，突然看到牛德华正跟两个人扭打在一起，而萧咏躺在地上，额头还流着血。蓝枫大吃一惊，赶紧把萧咏抱到床上躺好，又转身挥拳将围着牛德华扭打的两个人一阵狂揍。蓝枫身高体壮，与牛德华合力将那两个家伙打得连滚带爬地跑了。

两人跑得不见人影后，蓝枫赶紧回到病房抱着萧咏，萧咏被摔得不轻，头上有个伤口还冒着血。蓝枫赶紧叫牛德华先从背包里找出消毒纸巾，按在萧咏流血的伤口上。他来不及跟牛德华说话，迅速打量了一下这个病房，这个病房有六个床位，加上牛德华，只躺着五个病人。两个陪床的家属，刚才蓝枫和牛德华与别人打架的时候，事不关己地都站着没动，现在还是不知所措地看着蓝枫。

蓝枫稳了稳神，冷静地告诉大家，医院发生了病患及

家属打砸事件，不少医生护士都跑了！大家听完，一下子慌了神，有个40多岁的中年妇女哇的一声号啕大哭起来。

蓝枫大声喊道："大家不要慌！慌乱对我们都没有好处，会加重我们所有人的病情！请大家冷静下来。"

蓝枫看了一眼萧咏和牛德华，萧咏微闭着眼睛，也明白发生了什么事。她突然睁开眼睛，急中生智地跟着喊起来："大家不要紧张，我爱人就是江城医院的医生！这里没有医生不要怕，我爱人一样可以给大家治病！"萧咏的话一下子让大家都安静下来。牛德华也大声附和说："我就是陪蓝医生来汉西休假的，因为病了才就近来汉西医院住院！蓝医生医术高明得很！"

蓝枫暗暗称赞萧咏和牛德华的机智，心里陡生出一种并肩作战的勇气。他清了清嗓子，大声说："现在外面的患者及家属像疯了一样在打砸医院，混乱不堪，发热门诊可能最先遭殃，待会儿就会蔓延上来。为了大家的安全，我们现在要做的是保护好我们自己，不要让那些疯了的人冲进来。"

蓝枫的话显然提醒了大家，刚才蓝枫跟人打架不关自己的事情，但现在如果更多的病患冲进来，那自己可能会遭殃！再加上萧咏和牛德华说他是医生，让他马上获得了病房所有人的支持。有个年轻些的病人家属马上站起来应和："这个医生说得有道理，我们都听你的。"

蓝枫问："你们还有谁的家属或者病人出去了？"大家相互一看，只有一个病床上的女人说，她老公去外面打水没回来。

蓝枫思忖了一下，为了让自己像个医生，大声地说："我这里有口罩，现在我每人分一个，大家赶紧戴上。"接着，他给牛德华使了个眼色，牛德华赶紧拿出口罩分发。蓝枫又交代那两个病人家属："你们过来帮我们一个忙，我们要把门立刻堵住，不要让外面疯了的人冲进来打砸。"那个女病人马上问："我老公待会儿怎么进来？"

蓝枫不加思忖地说："没事，他待会儿来的话我们再放他进来，我相信你老公也不希望那些疯子冲进来伤害你吧？"

蓝枫的话很有道理，大家都不作声了。牛德华分完口罩，蓝枫让大家都戴好，又叫两个家属和牛德华把所有病床全部抬到后面并排摆好，唯独把萧咏的床位隔开，尽可能靠着病房门。牛德华的病床卡在中间，再腾出两张空床，死死地抵住了病房门。这样安排，表面上是显得大公

无私，用行动告诉大家，出问题先伤着我爱人和朋友，用我爱人和朋友的病床保护大家；实际上，蓝枫知道传染病十分厉害，他不想让已经好转的萧咏和牛德华跟他们靠得太近，造成交叉感染。牛德华明白蓝枫的意思，刚才打架的时候，看上去斯斯文文的蓝枫连劝架的意思都没有，直接冲过来挥拳帮自己解围，还有什么比这更兄弟义气的？还有什么人比这样的人更值得交往？所以他现在也毫不犹豫地配合着蓝枫，同伴不丢伴，三人一起出来，他当然要和蓝枫夫妇二人紧紧地站在一起。萧咏也明白爱人的意思，她尽量撑着身体，用坚定有力的语气给大家打气。

刚刚做完防卫工作，疯狂的喧闹声果然向发热门诊部拥过来，隔壁的病房已经传来被气红了眼的病患或者家属疯狂踹门和打砸的声音。他们片刻就到了蓝枫他们病房门口，踹门声随之震耳欲聋，蓝枫和牛德华加上两个家属死死地抵住门，并不断大喊："我们也是病人，你们不要砸这里。"

也许是踹了半天没踹开，加上听到了蓝枫他们大声的喊话，疯狂的人群随之向隔壁流动过去，只是人流中偶尔有人看这个门关着，凑热闹地上来踢几脚，但形势相比刚才已经好转不少。

蓝枫他们松了口气，蓝枫这时候才有机会问牛德华，刚才和别人打架是怎么回事。

牛德华说："刚才进来那两个人，看到我们房间有个空的病床，只是在里边，不方便搬出来，叫萧咏去里边的空床上躺。萧咏没理他们，他们就一把把萧咏从床上直接拽下来，摔倒在地，我一见情况不好，就和他们打起来了。"

蓝枫点点头，转头又问萧咏怎么样，萧咏微微摇摇头，轻声说没事。蓝枫心里有些后悔不听张医生和刘雨佳护士的话，来到汉西看病。

牛德华很是内疚，他走过来对蓝枫说："大锅，嫂子病成这样，我没有保护好嫂子……"蓝枫摇手示意他打住，他怎么能责怪牛德华呢？如果不是自己一意孤行要来汉西看病，怎么可能遇到这些糟心事！蓝枫开始思索接下来该做些什么。

但牛德华心里自责得不行，其实他明白蓝枫和萧咏心胸宽阔明事理，不会归咎于他。只是他看出蓝枫大哥与嫂子深爱，刚才大锅出门还叮嘱自己看好嫂子，结果自己不仅没看好，还被两个无赖打了。

二十六

就这样一直僵持到了下午，中间那个病人的家属也回来了。他看到自己的亲人安然无事，又以为蓝枫是医生，不由得对蓝枫和萧咏多了些尊重，也尽量帮着蓝枫照顾萧咏。他告诉蓝枫，医院的好几个医护人员都被打伤了。

快到晚上的时候，萧咏的状态还是不见好，牛德华因为打了一架，身体似乎更差一些，已躺在床上有些迷糊了。其他几位病人也是如此，咳嗽声此起彼伏。蓝枫知道这样下去不是办法，他走出去，发现一楼大厅人还是很多，只是都躺着，或者卧着，看不到医护人员。整个大厅一片凌乱，挂号处、收费处、药房完全像被打劫过一样，里面的桌椅和药架七歪八倒，大院外面站满了好多全副武装的保安。

岳父的电话这时又打过来，告诉他，他岳母不了解情况，在家里哭得死去活来，要来汉西看他们。

蓝枫赶紧阻止，但又不能说明这里发生的情况，否则他们会更担心，只是说情况不是很好，但岳父岳母绝对不能过来，不仅帮不上忙，他们年纪大了，身体免疫力差，很容易被传染上，没有特效药医治，那时就更麻烦了。

岳父明白蓝枫的意思，很是心疼，他还告诉蓝枫，他把他们俩的情况告诉了萧咏的堂伯父，堂伯父听了很是着急。他作为国家顶尖的专家，估计1月19日将亲自带队去江城实地了解情况。萧咏是在他身边长大的，他十分挂念萧咏，堂伯父叫他岳父把自己的电话号码给蓝枫，特意嘱咐蓝枫1月20日务必带萧咏去江城见他，他要亲自给萧咏看看才放心。

蓝枫听到这个消息，心里很是振奋，但萧咏和牛德华需要打针，而且不能拖，拖的话搞不好情况会变得很糟糕。他回到病房，悄悄抱着萧咏，把她堂伯父要专门见他们的消息告诉了萧咏，并轻声说："我必须搞些药回来，你不打针不行。"

萧咏轻轻点点头，外面疯狂的吵闹打砸声虽然没有了，但有此起彼伏的哭喊声，想必医护人员没回来。萧咏清楚，蓝枫根本不懂什么药，即使懂，把药拿回来，也不会打针啊。最重要的是，牛德华也躺床上了，没个帮手，

他出去是否安全？但她已经没有力气说话了，只能用忧郁和问询的眼光看着蓝枫。

蓝枫明白萧咏的意思，相互深爱的人，不需要说话，只需眼神交流，就能默契地知道对方在想什么。但现在没得选择，只能硬着头皮想办法，他拿过昨晚给萧咏打完针但没有拿走的空瓶，上面清晰地写着药的几个成分，生理盐水、β–内酰胺、头孢曲松，这几种药蓝枫比较熟悉，主要是起到消炎的作用。他对那两个上午帮了他大忙的病人家属说："我爱人和朋友与你们的亲人也需要治疗，你们俩跟我一起去找药吧。"

两个病人家属二话没说，合力把抵住门的空床搬开。他们三人一起走出来，楼道上黑漆漆的，可能电源被砸坏了。他们三人掏出手机，借着一点微弱的光，小心地走过一片凌乱得像被洗劫过的走道，来到二楼电梯口，隐隐约约看到不少人三三两两围着坐在一起，或者躺在地上，大厅外不时走动着保安的身影。蓝枫知道要拿到药，只能去一楼旁边的药房，药房肯定被砸了个稀巴烂，能不能找到药心里没有底，但去试试是有必要的。

他们三人摸索着来到药房，药房果然被砸得一片稀烂，根本找不到完整的药盒。蓝枫不死心，叫他们俩跟着自己继续找，掀开几个倒着的药架后，他们总算找到一堆完整的药盒，借着手机光亮，蓝枫欣喜地发现就是自己要找的β-内酰胺和头孢曲松，而且数量还不少，现在就差生理盐水和输液器了，他们穿过药房，推开一个虚掩的门，惊奇地发现还有一箱箱的药，打开一看，正好就是生理盐水，而且每一箱都配有两打输液器！蓝枫三人如获至宝，赶紧找了个大些的空盒，把这些药每样都取了几十份，三人合力抬着就往病房走。

蓝枫虽然没打过针，但就像没吃过猪肉也看过猪跑一样，回到病房，两个家属帮他打着下手，一个同时拿着几部手机负责打光，一个负责举着药瓶，蓝枫则像模像样地先用注射器抽取生理盐水，再注入小药瓶，摇晃几下，看着应该稀释了，再用针管抽出来，注入生理盐水瓶。

到了打针的环节，蓝枫手有点抖，他从来没给别人打过针，第一次打针，居然在自己深爱的人身上试验，而且也不知道这药打下去会是什么结果！但没办法，打针总比不打针好，总不能看着自己心爱的人饱受折磨。

萧咏此刻已经醒过来，用眼神鼓励着他。他壮起胆，

用一条布带扎紧萧咏的手臂，让她握紧拳头，然后在萧咏手背上摸索着找到静脉，消好毒，狠了狠心，瞄准静脉把针扎进去。看到针管里回了血，他才放了心，解开布带，让萧咏松开拳头，然后调整药水流速。他不敢让药水流得太快，怕心爱的人吃不消。这时，蓝枫突然发现自己犯了个致命的错误！居然没有医用胶布！没有胶布，针头就无法固定，有可能错位造成感染！但蓝枫不能慌，他回忆起来，他们三人根本没找过胶布，他也不能让这几位家属看穿自己没打过针。他故作没事一样，吩咐一个病人家属，去刚才的药房再找找，看看有没有医用胶布。家属愣了一下，立刻冲出去。

在等待家属回来的时候，蓝枫的手一动也不敢动，他知道此刻把针头抽出来，容易造成感染。好在运气出奇地好，那个家属根本没花多少时间，就把医用胶布找到了，可能是比较扛砸吧，拿回来的医用胶布封装完好。蓝枫撕开医用胶布，小心翼翼地固定好针头。

忙活了半天，总算把一个打吊瓶的过程完成了。萧咏已经昏睡过去了，几个家属其实看出来了，蓝枫就算是医生，大概也是一个水货，打针都笨手笨脚、丢三落四，技术还能高到哪里去？只是他们现在没有了选择，加上蓝枫先给自己爱人打了针，他们心里很是放心，忙催着蓝枫赶紧给他们的爱人去打针。

　　蓝枫头上冒着汗，不言不语，但用行动告诉他们，他要先给朋友打针，几个患者家属心里明白，但也理解，毕竟牛德华已经昏迷过去了。

　　忙到凌晨，几个病人总算全部打上了吊瓶，中间蓝枫还给萧咏和牛德华各续了一次药水。累极了的蓝枫跟几个家属交代了一下注意事项，抱着萧咏伏头就睡。

二十七

等蓝枫醒的时候，已经快到中午了。萧咏早就醒了，只是没有叫醒他，状态奇迹般的很不错，一直摸着他的头。其他几个病人状态也很好，牛德华居然拿着手机镜子看着自己，还唉声叹气："多帅的小伙子，瞧给折磨得。"念叨完直咂嘴。病房里的人看到蓝枫醒了，纷纷过来问候，并表示感谢，在他们眼里，蓝医生或许是个水货医生，但让病人恢复了状态就是硬道理。何况现在医院没有一个医生呢，他们现在有幸独享一个医生，比外面无医可治的病人强多了。

一个病人家属告诉蓝枫，外面乱成一团糟，医护人员回来了一些，但还是有些凌乱，昨晚和今天早上警察一直在抓人，现在倒是安全了，只是暂时都被保安拦着不许出去。

蓝枫听到这些，赶紧对几个家属说："接下来不知道会有什么情况发生，你们快去药房，尽量多搬一些药回来，尤其是消炎、治感冒、治咳嗽以及降体温的药，有多少拿多少，记住，不要让人跟着过来。"

现在蓝枫成了这个病房的主心骨，他说什么大家都照办，三个病人家属自告奋勇前去，留下蓝枫和一个家属看着病房。

蓝枫走到牛德华面前问："你现在感觉怎么样？"

牛德华照着手机镜子不无可惜地说："身体感觉还可以，就是这张帅脸被摧残得不成样子，让我可能失去了以后向刘雨佳护士求婚的勇气。"

这时，门口传来敲门声。大家扭头一看，刘雨佳护士竟然红着脸站在门口笑着。异地看到几天不见的朋友，三人一下子开心得不行，尤其是牛德华，居然一下扔掉手机，跳下床，一个箭步跑过来，紧紧地抱住了刘雨佳。蓝枫和萧咏相视一笑，萧咏示意蓝枫给刘雨佳倒杯水，刘雨佳挣脱牛德华的拥抱，过来接过蓝枫的水杯，并问候萧咏，还把手伸到萧咏额头上试了一下体温。

只待了不到10分钟，刘雨佳跟他们三人说："我只请了几个小时的假，必须马上赶回去，现在非常时期，江城各大医院都爆满，我不能脱岗。"

　　蓝枫三人都明白，心肠好的刘雨佳护士是惦记牛德华，不放心才赶过来看看，现在看到了，就要回去了。

　　大家心里都十分不舍，尤其是牛德华，眼睛里竟然还含着泪花，他非要撑着把刘雨佳送出医院。他们俩出门以后，萧咏想了想："你赶紧带点现金追出去，现在回江城，等公交车或者坐高铁都要花很长时间转车，打的士是最便捷的，牛德华肯定没有准备足够现金。"

　　蓝枫一拍脑袋，立马醒悟过来，赶紧拿着钱追出去。

　　到了医院大厅，蓝枫发现已经有三三两两的医护人员回来了，经历了一场短暂紧张的医患冲突，医院已经完全平静了，而且开始有人在打扫卫生。

　　牛德华和刘雨佳站在医院门口依依不舍地牵着手。蓝枫走过去，刘雨佳护士见他走过来，马上笑了一下，并说："蓝枫大哥，德华拜托你们照顾。"蓝枫一边口里客气着"哪里哪里"，一边悄悄地把钱塞进牛德华口袋里，并暗暗拍了拍他的手。牛德华看了蓝枫一眼，又摸摸口袋，马上明白了蓝枫的意思。他抖着腿强撑着紧走几步，在路边拦下一辆的士。

　　临上车时，刘雨佳对他们说："你们既然在这里看不上病，还是赶紧回江城，在江城即使待在家里隔离，也比这里好。"

蓝枫明白她的意思，点点头。

二十八

回到病房，蓝枫和萧咏都调侃牛德华和刘雨佳感情发展如火箭一样神速，牛德华撇着嘴说："你们俩才几年？我和刘雨佳护士认识十几年了！知根知底，青梅竹马！"蓝枫和萧咏相视一愣，接着大笑起来。

蓝枫帮萧咏和牛德华各泡了一碗面，现在医院不可能提供吃的，外面也不安全，蓝枫也不放心出去买东西。萧咏没胃口，只吃了一袋酸榨菜，泡面却不想吃了。蓝枫不同意，病成这样，不吃点东西，就更加没有抵抗力了！他强迫喂着萧咏吃了满满一碗面，还喝了热汤。

等他俩休息后，蓝枫打开了好几天没看的手机新闻，才发现今天已经是1月17号了，离跟萧咏堂伯父约定的时间还有三天，离过年只有六天时间，新闻也开始报道关于新型冠状病毒的事，而且明确报道，不仅汉西，全国都很慌乱！

蓝枫飞快地思考着：他亲爱的萧咏何时才能得到有效

的治疗？何时才能脱离这种病痛的折磨？想到这里，他抬眼望了一下正温柔看着他的萧咏，真希望萧咏的堂伯父可以从天而降。

萧咏十分平静，只是声音微弱地告诉他："我没事，挺好的，你给我爸妈他们去个电话，告诉他们我们挺好，过几天回去，让他们准备下。"接着又勉强笑着说："春节团拜会我是参加不了，你这个最佳伴舞也没办法展示优美的舞姿了，你还有好几个动作不标准呢，我本打算这几天教会你。"

蓝枫点点头，其实他心里十分清楚，萧咏的堂伯父虽然在广州，但岳父岳母住在偏远的湛江，交通也不方便，回去过年肯定不现实，现在应该再次想办法怎么能让自己亲爱的爱人在1月20日前得到基本的救治，自己不是医生，临时不得已照着空瓶上的医药配方打针还行，但让自己治疗亲爱的人是不可能的。虽然现在医护人员已经回来了，但医院能否马上恢复正常工作状态也不能确定。

走出病房给岳父岳母打完电话，又给李旭峰打电话，想看看能否通过艺术团在江城搞到医院的床位，但怎么也打不通。

蓝枫正准备回病房的时候，岳亚斌的电话竟然打过来了，蓝枫以为岳亚斌和李成又约麻将，接通电话就想直接拒绝，谁知岳亚斌根本不提打麻将的事情，而是直接问他："你现在在哪里？"

"我爱人病了，现在在汉西医院住院治疗，怎么了？"蓝枫奇怪地问。

岳亚斌突然语调变得沉重，沉痛地告诉他："李成全家染上病毒，已经都去世了，这次病毒肆虐可能超出了我们常人的想象，你和萧咏一定要注意安全。"

蓝枫大吃一惊，他万万没想到新型冠状病毒竟然如此厉害，短短的十来天让一个家庭灭门！李成还是他和萧咏的红娘，半个多月前他们还在一起吃过饭，当时李成还嚷嚷着说蓝枫和萧咏是珠联璧合，这样的功劳，蓝枫应该至少请他吃十顿饭才行。想不到现在一家人全部离世了！

蓝枫拿着手机惊得半晌说不出话来，谁知岳亚斌又问他："你跟李旭峰团长应该很熟吧？"

蓝枫感觉岳亚斌又要告诉他一个爆炸消息，赶紧回答："是的，很熟！他怎么了？"

"李旭峰团长也快不行了，找不到医院治疗，只好躺在家里。"岳亚斌说。

"怎么可能啊？前几天还好好的呢！"蓝枫完全不相信自己的耳朵，怀疑岳亚斌是不是报的假消息。

"是的！他昨天给我打电话，就已经很不好了，我今天犹豫着想去他家里看看，他父母在家哭天喊地，但这个病太厉害了，传染性太强，我不敢去。"岳亚斌说。

蓝枫不知道怎么描述自己的心情，他想到了爱人萧咏，手都有点微微发抖。

"有个事，你可能不知道。"岳亚斌在电话中悠悠地说。

"什么事？"蓝枫问。

"李旭峰昨天给我电话，主要是问萧咏的状况，他想向你和萧咏道歉。"岳亚斌吞吞吐吐地说。

"哦，没事，没事，这是传染病，怎么能完全责怪他呢。"蓝枫有些不以为然地回答。

"也不仅仅是道歉。"岳亚斌明显在犹豫着措辞。

"你就直说吧。"蓝枫隐约觉得岳亚斌话里有话。

"是这样，当初你追萧咏的时候，其实李旭峰也想追她，只是因为李旭峰的身份是老师，他曾经通过我和另外

一个学生，试图约萧咏吃饭，但萧咏拒绝了。李旭峰以为萧咏心思都在学习上，所以计划等萧咏毕业再说，谁知被你捷足先登了。"

"哦，这样啊。"蓝枫想起李旭峰此前对萧咏的关心，那天萧咏排练倒下时，就是李旭峰第一个冲进舞台把萧咏抱出来的。蓝枫一直以为李旭峰仅仅是出于领导的关心，或者因为艺术团生存发展的问题，现在看来，李旭峰是公私皆有啊，只是不知道萧咏是否了解李旭峰的心思。

"情况呢就是这样，李旭峰一直没结婚，现在他自己病倒了，心里还挂念着萧咏，所以我就忍不住打个电话给你。"岳亚斌说。

"嗯，我理解的，请你转告他，萧咏现在挺好的，我一直陪在身边照顾，请他放心。"蓝枫心里也有些不忍，"并请你向他转达我和萧咏的问候，希望他早日康复。"

挂断岳亚斌的电话，蓝枫抖着手又给张医生发了微信，张医生这次很快就回复了他："疫情发展很快，去哪里治疗都一样，相对下面县市，江城的医疗资源和技术算是很不错的，只是目前医疗资源被突然暴发的疫情用到了极限，但这个混乱情况不可能会持续，国家不会坐视不管，我估计江城一定很快将会得到全国驰援，那时候此前根本看不上病的情况会得到根本改变，既然你留在汉西无法治疗，还不如赶紧回江城等候隔离治疗。"

蓝枫觉得张医生和刘雨佳护士的话很有道理，无论如何，也要想办法让萧咏的身体撑到1月20日，回家等待隔离医治肯定比在汉西医院好！打定主意，他准备看看萧咏和牛德华的情况，如果能回去，今天就赶回去。

打完一通电话，在回病房的路上，他还在想着李成一家去世的事情，突然想起，几天没给老爷子打电话了。他赶紧又折返身，拨打老爷子电话，电话通了，老爷子不断地咳嗽，声音也不如平时爽朗，这让蓝枫很是吃惊！

但老爷子依然告诉蓝枫："我不要紧，家里到处熏着艾草，可能导致咽喉有点不舒服，你不必过于担心。"

蓝枫怎么能不担心呢？病毒让李成全家都去世了！李旭峰也感染了！病毒的传播速度和威力远超想象！他断定父亲是在安慰自己，怕自己回去而影响给萧咏治病。蓝枫一时心里十分紧张，挂断电话后，快步走向病房。走了几步，突然感觉咽喉很不舒服，鼻子也是塞着的，要咳嗽几下才行。他刚咳嗽一两下，心里突然炸雷般地意识到，完

了，自己可能也被传染上了！

　　想到这里，蓝枫突然感到眼前有些发黑，头也晕，一个趔趄，差点摔倒在地。他赶紧扶着墙，稳定住自己的情绪。此刻，他是亲爱的爱人萧咏的主心骨，是她的精神支柱，他不能有任何问题，也不能表现出来，否则，恐怕会对萧咏精神上造成打击。

　　这时，三个受命去搬药的家属空着手回来了，他们看到蓝医生在外面，马上打招呼，说医护人员都在清理药房，他们转悠了半天，还被警察和保安抓去盘问，没机会再拿到药了。蓝枫强忍着头昏眼花点点头，回到了病房。

二十九

到了晚上，萧咏的身体又差了些。牛德华也咳嗽不断，他不断嘟囔着："汉西的商贩都是奸商，我本来没那么严重，肯定是来这里吃了不干净的鸡腿造成的！可惜啊，我精明一世，去医院没上过'莆田系'的当，想不到汉西的奸商和'莆田系'那些名老中医是一伙的！还是没让我逃过一劫！"

蓝枫没空搭理牛德华的唠叨，他知道今晚肯定走不了了。萧咏身体不舒服，牛德华状态太差，回江城的路上恐怕还结着冰，自己身体也不行，回去的路上很不安全，凶多吉少。但无论如何，他都必须尽快赶回去，老爷子身体肯定十分不好！他想确保萧咏和牛德华有力气明天跟着他一起回江城。

蓝枫不敢把李旭峰染病和李成全家去世的消息告诉萧咏，而是赶紧找来一个护士，说昨天药拿过来，没打完，希望今天继续帮着打完它。护士不敢做主，出去叫来一个

医生。医生把情况问清楚后，同意给他们挂上药瓶，并应蓝枫要求，也给他挂上了药瓶。

半夜，蓝枫被萧咏的呻吟声惊醒了。萧咏这次打完针后，不仅没见好转，反而喘着粗气，状况好像更差了。牛德华也是声音轻微地在呻吟，也喘着粗气。蓝枫心里一阵紧张，他赶紧起来摸摸萧咏的额头，发现并不是特别烫，又摸摸牛德华的额头，发现很烫，可见他一直忍着，只是不吭声而已。蓝枫想起白天几个家属好像找了几盒止咳去感冒的金银花颗粒冲剂，他赶紧找出来。想找热水的时候，发现热水没了，他赶紧拿着保温瓶出去打热水，刚到一楼大厅，发现大厅里灯火通明，医护人员行色匆匆，还有不少清洁人员在打扫卫生和消毒。有个医生看见蓝枫拿着保温瓶要去打热水，迎面走过来问情况，蓝枫把这两天的情况说了一下，又匆匆去热水间打开水。

等他回到病房时，发现来了好几个医生和护士，而且给牛德华挂上了新的吊瓶，他心里大安。有个领导模样的医生看了看他手里的金银花冲剂，扭头对一个护士说："你去找点消炎的药过来，一起兑服。"

他又回过头温和地看着蓝枫说："真的很抱歉，这次疫情来得太突然，我们都没有任何准备，加上信息不畅，我们应对方案不太合适，向你道歉。"

蓝枫的眼泪一下子就涌出来了，但他还是客气地表示理解。当遇到突发的疫情，谁都措手不及，责怪医护人员不尽心，或者容忍个别患者利用大家的急躁情绪，借机挑起事端闹事，都是没道理的事情。

这个医生又看了看病房里堆着的药，对蓝枫他们在没有医护人员的情况下的自救行为很是赞许。

临走时这个医生说："目前这个病暂时还没有特效药可以医治，如果有条件，我建议你们去江城，毕竟那里设备齐全，我们这里设备和条件相对差很多。"

这一觉萧咏睡到上午才醒，而蓝枫因为咳嗽且身体极度不舒服，虽然现在有医护人员帮他规范地打针吃药了，但睡觉始终处于半梦半醒的状态，睡得不踏实。当萧咏轻轻喊他一声时，他立马睡意全无。他想起今天要回江城的计划，觉得有必要再给萧咏和牛德华挂两瓶药，自己也必须挂两瓶。他看了看牛德华，见他手里拿着一支圆珠笔，脸色有些红润，居然不知从哪里找来了信纸，而且在上面写着什么。看来半夜在医生的专业治疗下，牛德华似乎好

了很多。

他走过去，牛德华赶紧坐起来，把信和纸往被子里藏。

蓝枫觉得他样子搞笑，笑着说："潘表弟在写什么呢？都什么年代了，还写信！我又不看，藏个啥？说不出来的情话直接发微信给刘雨佳护士嘛。"

萧咏也打趣道："德华哥是想在刘雨佳护士面前重新定位人设啊。"

牛德华尴笑了一下："哪有啊，我刚才出去了一趟，在医院门口买了信纸，随便写写画画。"

他又有些歉意地对蓝枫说："大锅，这次本来想帮你搭把手，你看反而成了你的负担了……"

蓝枫马上制止他："别这么说，咱不成了兄弟嘛！"

牛德华面露感动之色，笑着没再说话。

蓝枫出去找医生说明情况后，医生也同意给他和萧咏及牛德华再挂两瓶药水。回到病房，他跟牛德华，讲了汉西医生和江昌张医生的意见，并把萧咏堂伯父要求他务必20日带萧咏回江城的事也告诉了牛德华，所以他计划今天就带他和萧咏回江城。牛德华很干脆地说："大锅，你不用跟我商量，你去哪我跟你去哪。"

三十

　　蓝枫给三人各泡了一碗方便面，吃饱了更有力气回去，萧咏还是不想吃，但蓝枫坚持着喂她吃完。

　　三人在同时挂吊瓶的时候，蓝枫心里记挂着老爷子，已经是坐卧不安。他翻了翻手机，发现开始对新型冠状病毒和感染人群有了明确的疫情报道，江城可能封城！他特意把这个消息给萧咏看了一下，两人相视对望，明白了彼此的想法。他又给牛德华看了一下，三人明白，要走就赶紧走，晚了恐怕回不了江城。

　　第二瓶还有一小半的时候，蓝枫想着老爷子，已经忍不住了，他自己也开始不断咳嗽，但还是忍着疼拔掉针，顾不上还在流血的针眼。牛德华见状，也拔掉了针。三人开始收拾东西，并顺便各喝了一袋金银花感冒药冲剂。

　　就在蓝枫紧张地收拾东西的时候，手机响了，他一看，居然是江城艺术学院的校医佟伟杰打来的。他看了看萧咏，萧咏正好也看着他，他没有解释，直接走出病房。

　　"蓝枫你好，你们现在还好吧？"校医佟伟杰电话中问候的声音都有点发抖。

　　"挺好的，我现在和萧咏在汉西医院。"蓝枫心里感觉到不妙。

　　"李旭峰团长去世了，就在刚才。"校医佟伟杰直截了当告诉他。

　　"啊？"虽然岳亚斌此前电话中已经告诉过他，蓝枫已经有了些心理准备，但突然听到李旭峰去世的消息，他还是很吃惊。

　　"所以我特意打电话给你，你最好在汉西医院把萧咏的病彻底查一下，一定要搞清楚到底是什么病。"校医佟伟杰在电话中说。

　　挂了校医佟伟杰的电话，蓝枫走回病房，他不想把这些消息告诉萧咏，给她增加额外的精神负担。回到病房，他继续默默收拾行李。

　　一个病人家属突然问："蓝医生，你现在就要走吗？"蓝枫明白这个家属问这句话的意思，但他顾不上了，只是默默地点点头，依然收拾自己的东西。

　　几个家属赶紧过来帮蓝枫和牛德华收拾东西，这两天共同的经历，让他们产生了共患难的友情。蓝枫要回江城看病，他们心里虽然很是不舍，但知道治病这件事不能耽搁。

他们帮蓝枫和牛德华收拾的时候，有个家属留了个心眼，多放了几瓶药水和输液器以及胶布、棉球在蓝枫背包里，并帮他们抱了一床被子。蓝枫明白他的意思，心里很是感激。

收拾完东西，他们帮蓝枫拎着背包送出来。牛德华单独拄着一根不知从哪里找出来的木棍，一路抖着腿走得很慢。蓝枫背着萧咏出了医院大门，又花了好半天在停车场找到自己的车。蓝枫打开车门，把前座椅调成躺着的模式，并把患者家属送的棉被铺上去，再把萧咏放进去。帮她包裹好以后，他又想了想，把风衣盖在萧咏身上。牛德华知道自己开不了车，也在后座坐下了。蓝枫坐上驾驶座，打着车后，把车窗全部打开，温度调到最高，散了一下空气，与几位病友家属道别，最后关上车窗，启动车，出发回江城。离开医院后，他让牛德华给刘雨佳护士打个电话，电话打通后，蓝枫把手机接过来："雨佳，我们现在三人返回江城，现在江城医院的情况怎么样？"

刘雨佳护士说："江城这边的情况愈发严重，你们路上开车小心点，先回家休息等候治疗。如果萧咏嫂子和牛德华的病情加重了，我会尽量想办法帮他们俩申请隔离病房。"

"好的，德华回江城一个人住着估计你也不放心，我们家够大，让他先到我家客厅住着吧，这样你也不用两边跑了。"蓝枫其实担心牛德华回去后被刘雨佳父亲派人骚扰，病成这样子，哪里还经得起折腾。

"那就好，非常感谢蓝枫大哥，我晚上下班后直接去你住的地方吧。"

蓝枫给张医生发了微信，但微信没回；他又给老爷子打了几个电话，但老爷子一次都没有接。这让蓝枫心里更加不安，虽然估计老爷子可能去了黄鹤楼专家书画室，但脚上还是不自觉地重踩油门，加快了车速。

三十一

路上几次遇到警察检查，每次蓝枫都紧张得不行，以为江城封城了。因为蓝枫持有江城身份证，每次都有惊无险地被挥手放行。

快到江城城区检查站的时候，发动机突然死火，车坏了！蓝枫心急得不行，反复打了几次火，重新启动，发动机还是吭哧吭哧地转不起来。

萧咏已经完全昏迷了，牛德华似乎也很虚弱，脸上一片灰白！蓝枫暗暗地恨自己行事不周密，来回地折腾！不仅害得萧咏白白遭罪，还连累了牛德华跟着受罪！蓝枫望了望高速公路两头，这是一个比较偏僻的高速路段，高速公路上几乎没有车来车往。现在别无他法，他当机立断决定：扔车！他正色地跟牛德华商量："我们现在回江城才是唯一机会，你现在能坚持走路吗？"

牛德华脸色灰白，咬咬牙，不断喘着气，但仍重重地点点头。于是蓝枫从后备厢找出刀具，将安全带抽出来割

断，几条安全带死死地连接在一起，又把萧咏的被子裹得更严实些，然后把萧咏结结实实捆在自己背后，把重要东西清理好放在背包里，再挂在自己胸前。牛德华随即颤巍巍地走出车，喊住蓝枫，郑重其事地把身上的手机、钱包、身份证以及住宿地方的钥匙交给蓝枫，并语带颤抖地说："大锅，我若有什么事，请把这些转交给刘雨佳护士和我家里人，家里还有我留给我妈和刘雨佳护士的东西，估计只能她自己拿了。"

蓝枫忍着眼泪，只拿了身份证，说："你犯什么傻！有我在呢！身份证我帮你拿着，回江城医院帮你挂号我要用，其他的你自己转交给你父母和刘雨佳护士吧。"

牛德华腿有点打战，蓝枫背着萧咏先翻过高速公路护栏，又腾出一只手来扶着牛德华翻过高速公路护栏，两人互相扶着慢慢移到高速公路下，蓝枫用刀具一点一点地割开高速公路的铁丝网，拼命地拉开了一个够两个人同时出去的洞。但铁丝网外是个水沟，好在水沟不深，水不到腰部，蓝枫顺手在水沟边找了根枯木当棍子，背着萧咏拄着它在前面一点一点探路蹚过去，牛德华两只手拄着棍子跟在后面。可能是身体太弱，加上把全身的重量都压在棍子上，走在前面的蓝枫听到后面一声棍子咔嚓断裂的声音，接着溅起一片水花，牛德华整个人一下子倒在水里了。蓝枫赶紧回转身，慌忙扔掉手头的棍子，一手反抱着后面的萧咏，一手拉起牛德华脖子上的衣领，拼命把他拉起来，不让他的头埋在水里。但牛德华太重了，他直喘粗气，而且好像有些神志不清的样子，蓝枫几乎是号叫着背一个，拖一个，使尽全身力气一点一点地蹚过了水沟。到了沟边，蓝枫感觉浑身瘫软，他依然一手死死地挽住牛德华的脖子，免得他重新滑到水里。牛德华半身跪在水里，不断喘着粗气呻吟，蓝枫则伏在岸边地上头朝下趴着喘着粗气，用屁股移动调节着让萧咏在自己背上尽可能舒服些。就这样休息了好一会儿，蓝枫又有了些力气，他不敢再拽着牛德华脖子上的衣领，怕勒着他没法呼吸。他慢慢地把手绕到牛德华胳膊下，背一个拖一个，再次使尽浑身力气一点一点地往高处爬。爬到高处后，蓝枫又浑身瘫软了，就这样趴着休息了好一会儿。岸边全是农田，蓝枫放下牛德华，背着萧咏，佝偻着腰颤巍巍地尽量站直些，判断了一下方向。他知道穿过农田再走1.5公里左右，前面大约就是国道了。但此刻，蓝枫接近筋疲力尽，知道自己根本不

可能把两个人拖到国道边，除了打电话报警，别无他法。他伸出一只手，去摸口袋里的手机，发现手机和牛德华的身份证根本不在口袋里！明明下车的时候都记得装在口袋里的！估计是刚才掉到水里面了，萧咏的手机扔在江城的家里，蓝枫又摸了摸牛德华的口袋，不仅手机没有了，连钱包和钥匙也不在了！蓝枫很是绝望，就算现在下水沟里摸回手机，恐怕也会因灌了水，打不了电话！他一时不知如何是好，想了想，只好重新趴下来，伏在地上，尽量摆正萧咏趴在自己背上的姿势，现在唯一能做的，就是等天亮，能被人发现解救是唯一的办法了。

趴了好一会儿，蓝枫能听到萧咏的呼吸声，但好像半天没听到牛德华的声音了！他赶紧伸出手，推了推牛德华，牛德华一动不动。蓝枫心里一激灵，赶紧双手撑着地面跪起来，靠近牛德华，把手伸到他鼻子下面，发现一点气息都没有了。他又把手伸到牛德华脖子那里，也摸不到动脉的跳动。

牛德华死了！

三十二

　　说不清是恐惧、悲痛还是绝望，干号了好一会儿，蓝枫反而慢慢变得异常清醒：既然牛德华死了，他一个人背着萧咏应该可以撑到国道边。想到这里，蓝枫背着萧咏又起身出发，深一脚浅一脚地走了差不多4个多小时，才挪到了318国道边。蓝枫此刻筋疲力尽，但路上没有车，他知道不能停下，于是稍作休息，又望着江城方向继续走。

　　萧咏已经醒了，咳嗽得不行，也说不出话来。蓝枫也没有力气说话，背着萧咏佝偻着腰，拄着木棍，像乌龟一样慢慢往前挪动。

　　幸运的是，后面一闪一闪地，出现了车灯。蓝枫顾不上什么了，他尽力挪到路中央，挥舞着双手求救。还好，居然是一辆返程的的士。

　　司机戴着口罩跳下车，二话不说，把萧咏从蓝枫背后解下来，又帮着蓝枫把萧咏抬上了车。蓝枫一下子瘫坐在地上，告诉司机，他还有一个朋友染上新型冠状病毒，死

在前面沟边了，赶紧报警。司机一听吓坏了，哆嗦着手拨打了110。

等了十来分钟，一群警察来了。蓝枫歇了一会儿，也恢复了一些体力，他咳嗽着跟一个貌似领导的警察讲清楚了情况。那位警察看了看昏迷不醒的萧咏，赶紧喊道："老刘，你和小王过来一下。"

一个老警官马上和一个年轻警官跑过来。

"老刘，你和小王送他们去医院，现在应该没办法做笔录，你把他们送到医院先看护好。"

姓刘的老警官敬了个礼，带着小王警官开着车，叫的士司机开车跟着，把蓝枫和萧咏送到就近的江口医院救治。

坐在车上，蓝枫竟然有了一丝庆幸，此前想去江城的医院住院，没有任何办法，现在居然就能去医院救治了！相当于是牛德华的死换来了一张床位！而且还可以在医院等着萧咏的堂伯父20日过来。想到这里，他为这个结交不久的朋友牛德华悲哀且自责起来，他感觉是自己害死了牛德华，如果不是自己考虑不周全，牛德华也不会跟着自己去汉西，更不会死在江城的荒郊野外处！

路上，好心的的士司机告诉蓝枫："你幸好遇见我了，现在江城已经属于半封城的状态，疫情传播速度太快了，昨天我还没事一样跑着的士兜客，今天不戴口罩还不敢出门，我也是刚好送人去汉西，高速肯定不能通行，只能走国道，国道暂时没有封。"

的士跟着警车一路鸣笛，赶到医院。医院大厅里人拥人，也没有医护人员出来迎接。刘警官只好叫蓝枫背上萧咏，带着他挤过人群，直接来到这家医院的发热门诊部。

刘警官让蓝枫扶着萧咏在椅子上坐着，让小王警官在旁边看着他，他直接去找医生。医生走出来看了一下，又把刘警官拉到一边说着什么，刘警官言语激动地喊出来："他妈的，没病房也要给老子挤出病房来！老子是执行任务！他是犯罪嫌疑人，还有一个人死在野外还不晓得怎么回事！"

医生无奈，只好叫来两个护士，推来一个临时床位，对警察和蓝枫说："实在没办法，没有一个空床位，你总不能叫我把重症病人赶出去吧？你们只能在走道上救治了。"

蓝枫心里多少有些安慰，走道里虽然环境很差，三三两两放了好多张这样的临时床铺，人流来往嘈杂，都侧着

身子走路，但至少比在野外强很多了。至于什么犯罪嫌疑人，他压根儿没往心里去。

有警察在，连挂号都免了，萧咏打上了吊瓶。刘警官不知去了哪里，小王警官在旁边椅子上兀自玩着手机。蓝枫挡不住疲倦，坐在床边，头枕着萧咏的腿沉沉睡去。

一大早，蓝枫就被吵吵闹闹的声音吵醒了。他环顾了一下，小王警官已经在椅子上睡着了，新来的几个患者家属因为连走道临时床位都没有，在那里和医生激动地嚷嚷，还推搡着医生。萧咏也醒了，经过昨夜的折腾，虽然在医院打上了针，但看上去还是虚弱不堪。

蓝枫略有些宽慰地凑上去，看着萧咏，不忍心告诉她昨晚的事情，也没告诉她牛德华已经死了。只是说他们现在到医院了，暂时还没办法去隔离病房，只能在走道上将就着。萧咏脸上泛着红晕，微微点点头。

三十三

　　到中午的时候，蓝枫正附在萧咏脸庞边耳语，刘警官回来了。他告诉蓝枫，基本查证蓝枫所说的属实，牛德华的尸体已经运到殡仪馆去了，也通知了牛德华的家属。蓝枫扔在高速公路上的车，也拖回来了，在公安局放着，等疫情过后，随时可以去取。他们还在水沟里摸到了他和牛德华的手机、钱包以及身份证，刘警官拿出一个精致的手机吊环，问蓝枫认不认识吊环里面镶嵌的照片上的女孩。蓝枫一看是刘雨佳护士，忙说认识。刘警官又问他："怎么认识的？"

　　蓝枫回答："他是我好兄弟的女友。"

　　"你们为什么去汉西看病啊？"

　　蓝枫以为是警察的例行问话，就老老实实回答："本来我计划和我爱人一起去，但我这兄弟女友的家人反对他们在一起，还几次派人把他家砸了，还打了他一顿，他又病了。没办法，为了不被打，只好跟我一起去汉西了。没

想到没扛过去，来回折腾的路上死了。"说完，蓝枫心里
忍不住悲愤交加。

"哦……"刘警官听到这些就没再问了，脸上的表情
由不自然到沉重，过了一会儿，他若有所思地拿出笔，写
下自己的电话号码，递给蓝枫说："昨天你在那种情况
下，还照顾朋友，背着自己爱人找到救援的人，非常不
错啊。你留下我的电话，如果有什么困难，就给我打电话
吧。"说完环顾一下混乱的走道四周，眉头皱得厉害，叹
着气准备走了。

蓝枫赶紧喊住他，告诉刘警官："我家老爷子可能也
病倒了，昨晚打电话都没有接，不知道情况怎么样。"

刘警官问清楚老爷子的电话号码，马上拨过去，拨打
了几次，还是没人接。蓝枫一下子慌乱无比，他扭头看了
看躺在病床上的萧咏，他知道自己根本不能离开！一时六
神无主。

刘警官马上安慰他，问了问老爷子的生活习惯，帮他
分析："也许是不凑巧，老爷子打不通你的电话，而他又
有去书画室写字的习惯，也许在书画室和几个专家在吟诗
作画呢？"

蓝枫听他这么说，心里略微平静了些，刘警官分析得不无道理啊。刘警官又说："这样，你把家里的地址给我，明天我下班后亲自帮你去家里看看。"

蓝枫心里很是感激，觉得现在的警察特别有人情味和人文关怀。

疫情笼罩之下，一切都是匆匆，快到令人猝不及防。当今中国生活节奏快，年轻人接受新生事物也很快，当快节奏的生活之车突然遇到障碍，一切不可预测的后果就猝不及防地发生了，就像牛德华的爱情，还没开出鲜艳的花，就匆匆结束了。

蓝枫心里充满无尽的悲伤，他想着要尽快通知刘雨佳护士和张医生。尤其是刘雨佳护士，昨天还和她约好晚上见面，没见到，她肯定十分着急。

最重要的是要和萧咏的堂伯父取得联系！也要继续拨打老爷子的电话，也许老爷子真是刘警官分析的那样，出门干什么事忘了带手机呢？这种事以前也是经常有的。老爷子喜欢安静，尤其是写书和写字的时候，平心静气，不喜欢有嘈杂声音打扰。今天已经19日了，不知萧咏的堂伯父到江城没有，但现在没有了联系方式，警察虽然把自己

和牛德华的手机及身份证还回来了，但手机进过水，不知道能否开机。蓝枫想了想，挤过去，找护士要了两个不同的充电器，他想把自己和牛德华的手机充电试试。分别插上电以后，自己的手机突然冒烟，蓝枫吓了一跳，赶紧拔掉。而牛德华的手机居然没事，他翻过来一看，是国产品牌，果然跟广告宣传的一样，高度防水。

没等手机充够电，蓝枫就开机了，可牛德华手机设了开机密码，除了拨打紧急电话，还是无法调取通讯录电话。

蓝枫一时没辙，萧咏已经醒了，脸上泛着红晕，刚才警察的话她都听到了。昨晚她虽然一直昏迷，但有时候也迷迷糊糊地知道当时处于什么状态，只是当时她不知道牛德华死了。现在还知道老爷子电话打不通，不仅蓝枫紧张，她也十分慌乱。

看着蓝枫鼓捣着手机，她知道蓝枫想给自己堂伯父和老爷子以及刘雨佳护士打电话。她用力轻轻地喊了一下，蓝枫闻声抬起头，马上又换成亲切的笑脸，凑过来问她怎么了。

她轻轻地告诉蓝枫："可以找医生或者护士，都是发热门诊，他们之间应该有联系电话，先给刘雨佳护士去个电话，完了可以去医院外面，一般医院门口附近都有电信营业部，到外面买部新手机和手机卡。"

萧咏的话提醒了蓝枫，他安顿好萧咏，折身去发热门诊值班处。在经过紧挨着的临时床铺时，他发现这个床铺很特别，从早上到现在就没人来看望照护，病床上的人也一动不动。蓝枫也没多想，或许人家打完针睡着了呢。

值班处果然有刘雨佳护士所属医院发热门诊部的值班处电话，蓝枫借值班室座机打过去，等了好久，那边才找到刘雨佳护士。蓝枫在电话中听到气喘吁吁的声音，估计刘雨佳护士不知从哪里一路跑过来的，他赶紧对刘雨佳说："雨佳，我是蓝枫。"

"嗯嗯，我听到了，你们现在还好吗？"刘雨佳在电话那边迫不及待地回答。

"还好……我们现在在江口医院发热门诊住下来了。"蓝枫停顿了一下，他有点不知道怎么开口继续说下去，也不知道该不该马上把牛德华的死讯告诉刘雨佳。

"那就好，那就好，德华呢？也跟你们住在发热门诊部吗？"刘雨佳急切地向蓝枫打听牛德华的情况。

　　蓝枫知道这件事怎么也瞒不住，他沉吟了一下："雨佳……你要坚强……德华昨晚死了……"

　　电话那边突然没了声音，紧接着，蓝枫又听到"哇"的一声，刘雨佳在电话那边大哭起来。

　　蓝枫握着话筒，不知道怎么安慰刘雨佳，他只好停顿了半天，等刘雨佳克制住了情绪，哭声渐渐小了些，才又告诉她："雨佳，你听我说，我的手机坏了，等会儿买了新手机再跟你联系，牛德华有一些东西要转交给你，有些事我过后详细跟你解释。"刘雨佳护士又哭了起来，蓝枫只好尽力安慰她后才挂了电话。

　　回到萧咏身边的时候，蓝枫特意看了一下临时床铺那个特殊的病人，还是一动不动，只是一顶帽子盖着脸，不知道情况如何。

　　上午打完吊瓶，萧咏感觉身体恢复得不错，只是这里环境太吵了，想跟心爱的人说几句话，轻声说，他又听不到，大声说，又没有力气。萧咏只好始终用饱含爱意的眼神看着蓝枫，一会儿不见，她就很焦虑，直到蓝枫出现了，马上就变得很轻松。

　　蓝枫感觉到这些，也知道这里的环境十分不利于两人言语交流，只好尽量待在萧咏身边，哪里都不去。他刚才借值班室电话打给父亲，电话还是没通，但想着刘警官会去家里，他稍微放了些心。也许这次确实不凑巧，老爷子打不通自己电话，就去黄鹤楼书画室了，蓝枫这样安慰自己。萧咏的堂伯父既然是明天见，他明天一大早再去配个手机也不迟。

当萧咏示意蓝枫去买一部新手机的时候，蓝枫把他的想法告诉了萧咏，萧咏觉得有道理，就轻轻地点点头。其实萧咏一刻也不愿意蓝枫离开，只要看到蓝枫，她心里就踏实，一会儿看不到，她心里就有一种莫名的恐惧和惊慌。蓝枫很清楚萧咏的想法，他也不愿意离开自己的爱人一分一秒！这个世界今天无论发生什么事，或者接下来还会发生什么事，除了心爱的人和老爷子，都与他无关！我蓝枫就是心胸狭窄，思想格局不大，怎么了？不允许吗？在他心里，相比自己的爱人和老爷子，这个世界的一切都无足轻重！有什么比此刻陪在爱人身边更重要的呢？

三十四

　　下午蓝枫和萧咏又睡了一觉，到晚上的时候，身边一阵嘈杂和喧闹把蓝枫和萧咏惊醒了。几个病患家属在吵闹，都是一口汉腔在对骂，一个医生和护士在调解。蓝枫很快就听明白了，临床的病人早已死亡！但因为缺人手，没有拖走，占据着一个床位，几个病患家属要自作主张背出去，为空出来的床位属于谁而争吵不休。一个病患家属说是他先提出要背出去，当然属于他；而另一个则坚决不同意，说他爱人排队四五天了，现在刚好轮到他爱人！医生和护士调解了半天，也无法安抚几个病患家属的情绪，加上有其他病患需要紧急治疗，抽不出太多时间调解，干脆一走了之，不管他们了。

　　我们不能责怪医护人员，他们是高度负责的，在明知没有特效药治疗的情况下，仅仅是戴着口罩，又没有其他防护用品的保护，在极具传染风险的岗位上坚持着，已经是不顾牺牲、奉献自我、充满大爱的医者仁心了！

几个病患家属看医护人员走了，也偃旗息鼓了，他们心里明白，即使扛着尸体，他们也不知道该背到哪里去，总不能在街上一丢了之吧？走道上再次恢复到此前拥挤嘈杂的状态，只是所有人在经过那具尸体的时候，都自觉地稍微绕一下步。

蓝枫见此十分惊惧，萧咏虽然头背着尸体，但想到身后就是一具尸体，眼睛里也充满恐惧和不安，身体不断地抖动。蓝枫只好把脸贴在萧咏脸上，双手紧紧地抱着她。

过了半晌，萧咏才好了一些，她仍然语带惊恐地对蓝枫说："我们回家吧，我要回家！"

蓝枫抱着萧咏点点头，这里环境不好，交叉感染的概率极大！除非可以进隔离病房！目前病患人数这么多，隔离病房就想都别想了！但躺在医院走道上，隔壁床还有具没有移走的死尸，这样的环境，肯定也不行！

但回家解决不了问题啊，蓝枫轻轻拍了一下萧咏的身体，尽量语调平和地附在萧咏耳边轻松地说："我去找医生谈谈，很快回来。"

萧咏的眼神始终充满惊惧，她看着蓝枫，但还是点点头。

他来到值班室，医生正紧张地和其他几个患者在交流，他站在旁边等了一下。医生处理完那几名患者，转头问蓝枫："什么事？"

蓝枫一时不知道问什么好，犹豫了一下，说："我爱人躺在走道上，情况不是很好……"

医生不加思考地直接说："现在的情况你也看到了，相信你也能分析和判断，目前以我们的实际情况，也只能在走道上临时医治，普通病房都十分有限，别说隔离病房了……"

"那能否给我开好足够的药，我回家给自己爱人打针换药可以吗？"蓝枫不等医生说完，马上就问，并强调，"我自己会打针换药，在汉西医院就是我给爱人打的。"

医生沉思了一下："如果是这样，对病人其实是最好的办法！医院目前的环境太糟糕了，我们很多医护人员也被感染了，包括我自己也是，只是目前的环境也只能这样，大家都是这样撑着，看看情况发展得怎么样，也没有太好的办法，你能回家自我隔离治疗，条件比我还好！我也病了，想回家自我隔离但不行啊，你看这么多病人。"

医生的话马上坚定了蓝枫回家自我医治的决心。同样是打这样的针剂，家里比医院的走道不知强多少！蓝枫赶紧请这位高度负责的医生帮忙开好药，并说自己也感染上了，也需要治疗，嘱咐多开一些，谁也不清楚这次疫情会怎么发展，也不知道有没有特效药出来，何时可以出来。医生开够药，自己在家医治并坚持着等待，恐怕是最好的办法。更何况，他和萧咏可以在家里安心地等待着她的堂伯父，还能抽出时间去看老爷子！

　　开好药后，拿着处方单，蓝枫回到萧咏身边，尽量微笑着说："我去取药，取完我们可以回去了。"萧咏微微点了点头。

　　蓝枫离开，准备去取药的时候，感觉不放心，又回过头来，把盖在萧咏身上的被子紧了紧，贴着萧咏的脸轻声说："我很快就回来。"

　　蓝枫在去取药的路上，感觉头昏眼花，咳嗽得不行。在萧咏面前，他一直尽量抑制着自己不咳嗽，即使咳嗽，也是尽量轻轻地微咳，他不想影响心爱的人的心情，怕引起她更多的担心和不安。

三十五

　　到计费处要排队的时候，蓝枫突然发现自己身上一分钱现金都没有，平时习惯了买东西用手机支付，几乎不带现金。他想起刘警官还回了牛德华的钱包，不知他钱包里有没有现金，他赶紧回到萧咏身边，萧咏惊疑地看着他，蓝枫来不及解释，只是抱歉地笑了笑，从背包里找出牛德华的钱包，在萧咏面前摇晃着笑了一下，又转身去药房。

　　在计费处排队的时候，蓝枫打开了牛德华的钱包，里面两个透明插袋处分别插着两张照片，一张是刘雨佳护士笑靥如花的照片，另一张是两人在医院合影的大头照。

　　蓝枫很难相信一份感情可以快速地在两个年轻人身上发生，但缘分这东西谁能说得清楚？缘分又没有完全既定的规则，必须按照什么条件才能生长！何况他们俩还是初中同学呢。看到这两个年轻人的照片，联想到刘雨佳护士在电话里的痛哭，蓝枫心里悲伤无比。

　　牛德华钱包只有不到1000元的现金，蓝枫不知道药费是多少，心里祈祷着，但没办法，先排到自己再说。

轮到蓝枫了，戴着口罩的护士算了一下，抬头告诉蓝枫："药量太多，需要3000多块，你是报医保还是现金。"

蓝枫赶紧说："我的医保卡不见了，手上现金不够，我只知道自己的身份证号，能否通过身份证查询医保卡？"

护士拉了一下口罩笑了笑："这个我们没办法，您给我身份证号码，我们怎么鉴定您一定是身份证主人和医保卡主人呢？"

蓝枫一想也是，只是感觉在哪里见过这个女孩，又想不起来，就犹疑地盯着护士。护士又笑了笑："我有一次在机场地铁上见过您。"

蓝枫突然想起来了，就是几个月前送萧咏去机场坐飞机那次，眼前这个护士是捂嘴笑他的女孩之一。

蓝枫尴尬地挤出一丝微笑，不好意思地说："我爱人的病比较急，所以来医院忘了带医保卡和更多现金。"

护士笑了笑说："没事，这样，我把您的收费单据先放到一边，您去想想办法，弄到钱来也不用再排队，直接

过来缴费后再去排队取药好了。"

　　蓝枫连连表示感谢，暂时离开窗口退出排队，不影响别人缴费。自己手上没有手机，也没有银行卡，就算亲朋汇钱过来，也取不到。他想了想，又找刚才负责收费的护士借手机，给刘警官打了电话。刘警官在电话中听他说完，说："我从昨天一直忙到现在，两天没合眼，刚下班，正在去你家替你看老爷子的路上，正好要路过这家医院，我现在过来先帮你付完医药费再去看老爷子吧。"蓝枫在电话中连连感谢。

　　大概等了20分钟，刘警官来了，两天没合眼，眼睛里布满血丝。他拿着现金帮蓝枫付了剩余的部分，没有提何时还钱的事情，竟然用有些悲伤的语调告诉蓝枫："牛德华的家人还没有到，原计划由村干部陪同过来，现在牛德华的遗体在殡仪馆存放着，火化的时候需要我们公安局开证明，但最近公安局解决这个问题有点麻烦，主要是人手不够，而且死者家属来来回回几趟也不安全。我们已经临时更改通知，叫村干部和他家属现在不要过来，等疫情结束了再来取。"

　　蓝枫连声感谢，心里觉得公安局做事不仅人性化，而且蛮周到的。临走刘警官又拿出一封没封口的信，眼睛里竟然有一些泪花，递给蓝枫说："这是殡仪馆的人在死者身上发现的，交给了我们公安局去办事的同事，同事又转到我这里，我就带过来了。"

蓝枫很是狐疑刘警官的表情，警察办案，一生见过多少生死啊！至于因为牛德华掉眼泪吗？尤其是现在疫情期间。蓝枫虽然不解，但还是接过信，信有些褶皱，还有干了的水迹，里面有一张照片，蓝枫一看就知道是刘雨佳护士的照片，而信是写给他的：

蓝枫大哥，很高兴认识你！

你是一个非常负责任的人

矫情的话我说不出来

只好写在这里了

这段时间谢谢你的照顾，

因为你，我能重新认识刘雨佳

我初中很喜欢她

她也说喜欢我

我家书桌里有银行卡

我爸去世得早

我妈就我一个孩子

请帮我转交我妈

刘雨佳喜欢栀子花，喜欢小宅院生活

本想在她生日给她一个惊喜

我在来汉西之前

在江城乡下买了一处旧宅院

我没多少积蓄，面积很小

钱已付完，协议对方已签，

我没签字，留给刘雨佳签字即可

施工队年后装修

会帮我在庭院种两株栀子花树

本想以后能在那里和刘雨佳结婚

满园栀子花香

真美

但恐怕我没机会了

协议也在家里书桌里

请帮我转给刘雨佳护士

……

蓝枫看完，没想到在德华兄弟大大咧咧的表面下却藏着一颗深沉的心，一时泪如雨下……

蓝枫此前从没问过牛德华家里的情况，他现在才知道牛德华父亲不在了，家里只有一个老母亲！现在牛德华走了，先不说他老母亲心里是否承受得住这个打击，未来留下老母亲一个人怎么办？蓝枫心里十分自责！自己居然从没想过、关心过牛德华家里的情况。

刘警官看出了蓝枫心里在想什么，他把信交给蓝枫后，拍拍蓝枫的肩膀："现在是非常时期，你也不要过于难过，船到桥头自然直，总会有办法解决的。你赶紧换新手机，等我帮你看完老爷子，就打电话告诉你消息。"

刘警官说完道了声"保重"，就去蓝枫的老爷子家里了。

三十六

　　刘警官拿着蓝枫给的地址，来到同兴里这个老宅的时候，发现院门居然是虚掩的。他推开门，环顾了一下四周，院子里几棵大树长得茂盛，院里几个角落熏的艾草余烟袅袅，一些花草有些枯败和残折，靠院墙有一方不大的水池，里面的鱼儿倒是游得很欢。小院地上满是落叶，看得出好多天没有人打扫了。凭着多年办案的经验，刘警官心里立刻升起不祥的预感。

　　他还是喊了一声："有人吗？"

　　没有人答应，他走到门口，吱呀一声，推开沉重的大门，第一眼看到客厅中央摆放着八仙桌，桌上还有没有吃完的剩食，几只老鼠看有人进来，飞奔着跳下桌子跑了。

　　客厅宽敞而古朴，墙上挂着一些字画，离大门左侧不远就是书房，刘警官推开书房走进去，刚才不祥的预感得到了验证。穿着长袍的老爷子坐在椅子上，双手摊在书桌上，一只手还握着钢笔，头歪在另一个手臂弯里，看得出已经死去好多天了。

刘警官马上掏出电话，先打电话通知小王警官，叫小王警官赶紧去一趟江口医院发热门诊，寻找蓝枫。然后报了警，又给局里打电话说明情况，他没有蓝枫的电话，也不能离开这里。

在等局里派人来的时候，他前前后后查看了一下这座老宅。这座老宅并不大，但十分讲究，主梁和横梁都是有些年头的圆木，除了柱墙，隔断的墙也是镂空雕刻木制品。卧室干净整洁，床头柜上堆满了书籍，与两个大书房连通，看得出主人是一位学识渊博的大儒。只是就这样无声无息地死了都没人发现，让刘警官觉得十分凄凉。

他又走进老爷子的书房，感觉老人的尸体已经开始有了些味道。桌面上信的字迹有些潦草，但还是可以看得出是一份遗书。刘警官轻轻地拨开老爷子的手，将遗书收拾好，放在口袋里。他决定亲手把遗书交给蓝枫。

小王警官的电话打过来，说蓝枫他们已经离开了，因为是警察送过去的，加上医院患者爆满，只有萧咏的病历记录，并没有留下地址。

刘警官一听也没办法了，只好坐等局里派人来了再说。

　　蓝枫和萧咏回到江城家里的时候，已经是快半夜了，蓝枫赶紧给萧咏和自己打上了从医院带回来的针剂。

　　家里相比医院，舒适多了，打完从医院带回来的针药，蓝枫感觉恢复了很多，萧咏也似乎好了不少。只是在医院的遭遇太恐怖，加上牛德华的死，让萧咏心情一时无法平复，蓝枫只好陪着她，尽可能放松地讲一些笑话，转移萧咏的注意力。经历这几天几夜的折腾，蓝枫和萧咏都感觉家里温馨无比，何况这是见证他们俩爱情的小巢，两人都感觉能待在一起的时间弥足珍贵！只是想起牛德华时，两人神情都有些哀伤。

　　但蓝枫很快就把萧咏逗得开心起来，两人情绪都不错，萧咏更是显得欢畅，还恢复了些日常和蓝枫的斗嘴打趣。

　　萧咏说："我这个级别的舞蹈大师，一般要教授专业的舞蹈演员，而你属于雕刻大师都无法雕刻成作品的朽木，让我亲自传授舞蹈技艺，是你祖坟上冒青烟的结果。"

　　蓝枫则夸张且爱惜地摸着自己腰部，不无爱惜地说："我这可是千年蛇腰啊！能够陪你扭动一下屁股就应该倍感荣幸，何况还伴舞好多天，我不收辛苦费已经是恩赐了！"并扬言："以后情人节你若逼我买玫瑰花和礼物，我要从那几天伴舞的辛苦费里面抵扣。"

两人闹了半天，萧咏有些累，半眯着眼似醒非醒地睡着了。

等萧咏睡了，蓝枫想马上去看看老爷子，但想到可能老爷子真的是去黄鹤楼书画室了，刘警官也去了，应该没事。如果有事，恐怕刘警官已经找到他家里来了，刘警官没找过来，就是最好的消息！想到这里，他心里很是安慰，再说，现在天快亮了，他根本不能让身体已经十分虚弱的萧咏一个人待在家里，即使回家，说不定还打扰老爷子睡觉，想到这里，他安心地抱着萧咏沉沉睡去。

三十七

一觉睡到第二天上午，家里环境舒适，蓝枫和萧咏精神状态都不错。蓝枫安顿好萧咏，赶紧出去，在街上找到电信营业厅，给自己换了新手机，并马上拨通了刘警官的电话，但对方没有接。

他想了想，又给刘雨佳护士去了个电话，问清她的下班时间，并把家里的详细地址告诉了刘雨佳，让她趁中午休息时间赶过来一趟，他手上还有牛德华的一些遗物以及书信，要亲手交给她。他心里打定主意，等疫情结束了，他要把牛德华的母亲接过来，养老送终！兄弟不在了，这是他的义务！

刚打完电话，刘警官的电话就打进来了，几天没睡觉，刚才刘警官迷糊了一会儿。

"你现在在哪里？我现在过来找你。"电话中刘警官劈头就问。

"我在街上，出来买手机。"蓝枫心里感觉不妙，他立即告诉了刘警官他的详细地址。

蓝枫心里很是发慌："我在这里等你没问题，但你还是直接告诉我情况怎么样？"

刘警官沉吟一下，沉痛地告诉他："老爷子已经去世多日了，我去了以后才发现，殡仪馆昨晚就把老爷子拉走了，是我陪着送到殡仪馆的……"

蓝枫没等刘警官讲完，感觉眼前一黑，直愣愣地就倒在地上，人事不省。

等他醒来的时候，已经快到中午了，刘警官坐在他旁边照顾着他。他一滴眼泪也没有流，他哭不出来，他也不能哭，他必须无比坚强！这次疫情，死了多少人？何止他的朋友牛德华？何止他的同学李成全家？何止李旭峰？何止没有再婚，一个人抚养他长大的父亲？只是这个世界上，他只有一个亲人了，他心爱的萧咏还在家里等着他，他不能哭！他垮了，他心爱的人怎么办？他还要给堂伯父打电话，让堂伯父赶紧来救他心爱的人。

蓝枫坐起来，默默穿好衣服，刘警官把他扶着，不断安慰着他，并强调，他昨晚亲自给老爷子送了最后一程，也算是替蓝枫尽了孝。但蓝枫一点都听不进去，只想赶紧

回家，回家陪自己心爱的人。

到他家楼下后，蓝枫行动有些迟缓，但坚决婉拒刘警官扶他回去，而是握了握刘警官的手，谢谢他这段时间的照顾。

刘警官想了想，犹豫了一下，从口袋掏出一封信，递给蓝枫："这是在你家老爷子书房找到的，应该是他写给你的遗书。"

蓝枫一看，是父亲写给自己的，他没有细看，大致能猜到老爷子在遗书里写了什么，但他现在不敢看！他担心自己会情绪失控，让萧咏看出来，此时此刻，他不能用这样的消息打击心爱的人的精神，于是随手将信装进口袋。

刘警官见他看都不看就装进了口袋，心里很不放心，就说："你家老爷子的火化证明待会儿小王警官会送过来，你先上去，我等小王警官把火化证明送过来以后，我给你电话，你再下来拿吧。"

蓝枫点点头，有点木讷地转过身，向家里走去。

蓝枫在家门口，刻意整理了一下自己的情绪和表情，尽量显得轻松些，忍着巨大的悲痛，他开门进了家。

蓝枫回到家以后，萧咏没从他脸上发现任何异常，而是提醒他，应该给刘雨佳护士打个电话，把详细情况讲一下，并给堂伯父打电话，看看堂伯父能否到家里来。

蓝枫嘴里应着，只是动作比以往迟缓了很多，他已经和刘雨佳约好了，应该马上到。他将牛德华的照片、身份证和补上自己看病拿的1000元钱，又额外加了1万元一起装进牛德华的钱包，附上牛德华给自己的信，装进一个塑料袋里，待会儿好一起交给刘雨佳。他又拨打了萧咏堂伯父的手机号码，奇怪的是，打了几次都没人接电话。蓝枫一想，萧咏堂伯父作为顶级的专家，肯定有各种会议和安排，反正约定今天见面，不如在家安心等她的堂伯父回电话。

三十八

快到下午 1 点钟的时候，蓝枫听到敲门声，他知道是刘雨佳到了，赶紧开了门。刘雨佳眼睛肿肿的，表情凄切，几天不见，刘雨佳脸上没有了红润，而是异常憔悴，看得出这几天她经受了多大的打击！她不敢哭，知道萧咏嫂子肯定躺在床上休息，她只能强忍住悲伤。蓝枫把牛德华的遗物全部交给她，她打开看了一下，其他东西她顾不上翻，只把信抽出来，看完就崩溃了，不管不顾地大哭起来。

蓝枫有点着急，他担心萧咏听到，只好一边安慰刘雨佳，一边又跑到房间看萧咏。

萧咏果然醒了，她听出是刘雨佳的哭声，示意蓝枫出去倒茶，并让他安慰刘雨佳。

刘雨佳抽抽噎噎地哭完，放下蓝枫递过来的茶杯，去房间看萧咏。萧咏见刘雨佳进来，脸上挤出一丝微笑，算是打了招呼。

刘雨佳摸摸萧咏的额头，对蓝枫说："嫂子在高烧，还是要想办法送到医院隔离病房去才好。"

蓝枫点点头，他何尝不想啊，但现在得到一间医院的隔离病房比登天还难！

刘雨佳看出蓝枫很为难，她说："张医生也感染了，也没有隔离病房，就住在普通病房里，你们要在家安心等候，不要出去乱跑。目前困难的情况不会长久，很快国内其他地方的支援就会跟上来，如果有隔离病房，我会想办法第一时间通知你。"蓝枫点点头。

停顿了一下，她又说："我已经和牛德华家里取得联系，等过了这次疫情，我会陪他母亲一起处理后事，另外，他母亲来了我就不让她回去了，以后会让她跟着我过。"刘雨佳说完，眼里的泪又流出来。

蓝枫听了心里很是慰藉，马上说："那很好，你放心，我也会帮着你照顾他母亲，有我在，你们不必担心！"

谁说现在的年轻人只在乎金钱不在乎感情？那是因为他或她自己本来就不愿意投入或者没有完全投入感情！感情是一份双向的投入！只要双方喜欢，心里藏着对方，相互爱着，金钱才不重要呢！

刘雨佳要走了，中午休息时间有限。蓝枫送她出门，在院门口，他看见刘警官和小王警官在一起交谈着什么，正想打招呼，旁边刘雨佳却惊呼："爸，你怎么在这里？"

刘警官回头，发现蓝枫和刘雨佳在一起，也很惊讶。

蓝枫更是吃惊！刘警官就是刘雨佳的父亲？难怪前几天交牛德华的遗物的时候，他眼睛里还有些泪花！如果不是他，牛德华怎么可能被迫跟自己去汉西？如果不是他，他的好兄弟牛德华怎么可能没有扛住折腾，惨死在荒野？他妈的，他就是谋杀牛德华的凶手！想到这里，蓝枫双眼冒火，血往上涌，双拳不禁紧紧地握起来。

刘警官感觉到蓝枫的异样，带着讪讪的表情走过来。蓝枫不等他开口，直接一拳猛击过去，接着一通拳打脚踢。

"你他妈的，你不派人打老子的兄弟，砸他的家，让他不得安生，他能跟老子去汉西吗？不是你，老子的兄弟能死吗？王八蛋！他爱你女儿怎么了？你又是个什么东西！你家里有矿啊！老子的兄弟高攀不起啊？你个板马养的！"蓝枫一边狂揍一边骂骂咧咧，像疯了一样。小王警官赶紧过来抱住蓝枫。

刘雨佳在旁边惊得手足无措，她知道父亲坚决反对自己和牛德华在一起，但她根本没想到父亲因为反对，还会派人砸了牛德华的家，殴打他。怪不得心爱的人几次三番地换工作！怪不得心爱的人不愿让自己照顾，不肯在家里隔离治疗！心爱的人是不想和自己父亲及家人发生更大的冲突和矛盾啊，心爱的人是怕她刘雨佳难做啊！心爱的人受了多大的委屈，也没跟自己讲，一个人把这些都默默地扛了。

想到这里，刘雨佳难受地号啕大哭起来。

刘警官躺在地上用手阻止了小王警官欲殴打蓝枫，其实看到牛德华遗物的时候他就后悔了，尤其是看到牛德华写给女儿的信，更是自责痛苦得不行。他以为牛德华就是一个泼皮无赖，作为父亲，怎么能让自己女儿嫁给一个下三烂的流氓呢？但他并没有派人殴打牛德华，只是叫刘雨佳的几个堂哥堂弟看着牛德华，别让他去找刘雨佳而已。作为警察，他怎么可能会像黑社会一样随意指使打人呢？直到见到牛德华的信及遗物，才知道错怪了牛德华，看到蓝枫把牛德华像兄弟一样对待，能跟蓝枫这样的人做朋友，能差到哪里去？他的确没想到自己的行为间接导致牛

德华的死亡！这几天他也痛苦得不行，既对不住女儿，令她错失自己最爱的人，也对不住牛德华，所以，他尽心尽力地帮助蓝枫，希望能弥补自己的亏欠。这些，他不敢告诉蓝枫，也不敢跟自己女儿说，没法交代啊。现在女儿和蓝枫都知道了，他不想替自己解释，被打一顿，他反而感觉如释重负，心里好受一些。

他也忍不住地号啕大哭起来："我也没想到啊，真的没想到，我真的没想到牛德华会死啊。"

唉，人生有很多事情是意想不到的，我们做什么事，根本做不到完全预想到关联结果。做父母的，希望自己的孩子有个幸福健康的人生，也没有错，可怜天下父母心，也没法完全责怪刘警官此前的行为。

蓝枫不是不懂这些道理，只是落到自己兄弟头上，他心里的难受也无处发泄啊。

三十九

蓝枫回到家，萧咏已经睡着了。

下午一点半的时候，萧咏的堂伯父的电话终于回过来了，他劈头火爆地问蓝枫和萧咏在哪里。蓝枫赶紧告诉他，已经回家了，并把这几天的遭遇简单地告诉了他，还尽量压低声音告诉他自己父亲已经去世了。

萧咏的堂伯父在电话那边沉默了一会儿，然后缓缓告诉他，作为专家组的一名专家，前天晚上他接到上级电话，要求20日紧急参加更高层面的防疫会议，所以昨天早上他改变了行程，临时计划19日晚上来看他和萧咏，但一直打不通他的电话，也不知发生了什么情况。

蓝枫一下子愣住了，这完全在他计划之外，他一下子不知道怎么回答。

萧咏的堂伯父在电话里停顿了一下，又说："参加完防疫会议，我会在22日立即赶回江城，也就是后天，有可能的话，今年就在江城和你们俩一起过年了。"

　　蓝枫赶忙应允，连声说好。以萧咏现在的状态，再等两三天应该没问题的，蓝枫心里还是感到很安慰，并把萧咏这几天的用药单和今天不错的情绪状态告诉了堂伯父，甚至连脸色如何也详细描述给伯父听，他生怕描述得不清楚，影响堂伯父的判断。

　　堂伯父听了，先是肯定了药方，接着追问蓝枫："萧咏的脸上是一直泛着红晕还是偶尔泛着红晕？"

　　蓝枫回答："脸色一直都不错，始终泛着红晕。"

　　堂伯父沉默了一下，又叫蓝枫把这几天的用药单重新说一遍，蓝枫不知就里，赶紧一五一十地把药单名在电话中报给了伯父。

　　堂伯父又沉默了一下，说："这些药还好，还算是比较合理。萧咏如果在患病期间一直脸上泛着红晕，就有可能怀孕了。不要给萧咏打针了，尽量物理降温，少吃药就好，有什么事即时打电话给我。"

　　萧咏堂伯父的话像炸雷一样，彻底炸晕了蓝枫。他不知是该欢喜，还是该害怕，心里悲喜交织。他想起前些日子和萧咏去吃火锅，萧咏一个人就吃了一大碗土菜酸汤！吃新鲜菱角猪肺粥还非要加酸菜，在汉西的时候，她吃不下泡面，但牛德华买回来的酸菜，她却吃得津津有味。蓝枫痛恨自己怎么如此愚蠢！连爱人怀孕了他居然一点都没意识到！他犹豫着要不要把堂伯父这个判断告诉萧咏。

正打算回房间的时候，脑子里突然划过一道闪电！自己不是医生，没有察觉萧咏怀孕，但张医生和校医佟伟杰不可能不知道啊？如果他们知道，那他们此前开的药对萧咏和肚子里的孩子有没有影响？

想到这里，他赶紧拨打校医佟伟杰的电话："佟医生你好。"

"蓝枫你好，你们现在回到江城了吗？"佟医生问。

"回到了，我想问您一件事。"

"嗯，你说。"

"您恐怕早就判断我爱人怀孕了吧？"蓝枫直接问。

佟医生在电话中沉默了半晌，蓝枫也不作声，静静地等待他的回答。

"唉，我确实第一次去你家看到她的时候就有这个判断，所以我嘱咐你不要吃消炎药，对孕妇很不好。江城医院的那个张医生给你开的处方药也是对的，没有头孢之类的消炎药，我觉得那个张医生和我的判断是一致的。"

"那您为何跟李旭峰说我爱人是得了流感，还帮他开了头孢之类的消炎药，让他送到我家给我爱人吃？"蓝枫愤怒得手都有点发抖了。

"我没有跟李旭峰团长说您爱人得了流感，更没有开药给他送到您家里。因为我觉得您爱人是孕妇，不适合参加排练，所以我不支持您爱人去参加预演。但您也知道，您爱人当时能否参加省里春节团拜会，对艺术团的发展，对艺术学院，尤其是李旭峰团长的晋升，关系很大。"

"那李旭峰死了后，你个板马养的为何不跟老子说清楚！"蓝枫气得破口大骂。

"当时李旭峰团长刚死，死者为大，人都死了，我就不好说什么了，只好特意打电话给你，一定要查清你爱人到底是什么病，千万不要吃消炎药等等。"

挂掉校医佟伟杰的电话，蓝枫气得浑身发抖，此前对李旭峰的良好印象一扫而光！他不明白，李旭峰既然如此爱他的萧咏，爱到至死还单身！为何明知她怀孕的情况下，还坚持让她去排练？为了让排练顺利进行，不惜给他的爱人吃孕妇绝对不能碰的头孢之类的消炎药，这又是为何？难道仅仅是因为晋升吗？有谁会踩踏在所爱的女人身上去获取晋升呢？这也太卑污了！

但李旭峰已经死了，这个答案再也找不到了。

蓝枫手机上收到了佟伟杰发来的他和李旭峰的聊天记录："李团长，您还是找一位女医生给小萧看看吧，她不适合吃药，更不适合后天的预演排练，我的水平有限，无法给小萧开药。"

人是一个矛盾的组合体，没有矛盾的人是没有思想的。李旭峰的行为恐怕只有他的好友岳亚斌最清楚了，只是岳亚斌不能把这些情况都告诉蓝枫。

李旭峰也深爱着萧咏，当他发现萧咏骨子里并不喜欢书呆子一样的老师时，他毅然选择放弃教学，通过竞聘去做艺术团的团长，这是他最有可能获得深爱舞蹈的萧咏青睐的途径了！他只是没想到蓝枫会出现在萧咏的生活中，更没想到两人快速成为恋人，还怀了孕。他以为蓝枫是个花花公子，仅仅是和萧咏玩玩而已，于是特意安排萧咏去国外深造，试图通过距离来让蓝枫移情别恋。谁知，不仅没有分开他们俩，自己无心配合做的一些工作，比如抽奖活动，还直接推动他们俩更快地走近了婚姻。

这让李旭峰很沮丧，把对蓝枫的嫉妒、痛恨、愤怒、

怨气埋在了心里，把对萧咏的绝望、心疼、爱惜、痛苦等各种交织在一起的感受也埋在了心底，为了事业，也为了自己有些可怜的尊严，他不能表现出来，只能在醉后跟自己的好兄弟岳亚斌发泄了。当他看到萧咏在舞台上倒下那一刻，此前所有的怨恨、忌妒都化作了后悔！化作了歉疚！化作了深深的自责和无限的爱怜！但这些他都没机会表达了，他也羞愧得无法表达出来。

晚上，萧咏醒了，蓝枫只是缓缓告诉她伯父可能和他们一起过年。萧咏觉得蓝枫语气有些异样，但她也没有多想，认为是这段时间蓝枫太累了的缘故，于是点点头，也没说什么。但蓝枫不敢给她打针了，而是减量地给她吃了些药，却给自己打上了针。萧咏很奇怪，问他怎么不给她打针了，蓝枫说是堂伯父嘱咐的，她身体虚，不能再打针，只能吃些微量的药。萧咏这才释然，伯父是顶级医疗专家，他的话自然是没错的。蓝枫因为连续劳累好多天，加上自己也可能染上了新型冠状病毒，此时也极度疲惫。他给自己打完针，还是撑着洗了个热水澡，并帮萧咏用热毛巾擦拭了一下身体，然后抱着萧咏沉沉睡去。

其实萧咏没怎么睡，她一直半梦半醒，还做着噩梦，几次从梦中惊醒，看着身边躺着的爱人蓝枫，她心里就很踏实。她现在反而不太在意堂伯父何时能来的事情了，她现在最担心的是，假如自己有个什么事，留下这个愣头青一样的傻男人，他该怎么办啊？想到这里，她揪心得不行，眼泪不断地流。此刻她的爱人睡着了，而且睡得很沉，可见他这几天是多么累啊，嘴上胡须也没空刮，显得十分憔悴。萧咏爱惜地轻轻抚摸着蓝枫的头，心里感觉真是上天的恩赐，让她这辈子捡到个宝，送给了她一个无比深爱她的男人。如果身体好了，她一定要好好陪着他，陪他做任何他喜欢的事情！

四十

到了第二天接近中午的时候，两人几乎同时醒了，因为好好睡了一觉，蓝枫感觉精神恢复不少。但一想到老爷子已经离去，自己连下跪的机会也没有，他心里就无比哀痛，又不敢在萧咏面前表现出来。萧咏虽然睡得不踏实，但好歹是在家里睡着，身体和精神也还可以。

蓝枫给刘雨佳发了微信，没见回复，在医院这条关系线上，他也只有刘雨佳比较直接了。虽然做投资也有不少关系，但唯独对医疗健康行业甚少关注，等这次疫情过后，医疗健康行业肯定具有长期的投资价值。

两人商量，还是要去医院看看，如果碰巧有隔离病房，那就再好不过了！但萧咏不必去，蓝枫一个人去打探消息，并看看有无住进隔离病房的可能。

临出门时，蓝枫烧了水，把保温瓶和水杯都放在床头，这样萧咏不费力就能躺在床上喝到水。蓝枫又找到平时自拍的手机架和几根平时放在阳台上没用的木杆，搭起架子，用胶带将手机牢牢固定在床中间的上方，并找来电插板，让手机始终处于充电状态。他调好链接视频后，嘱咐萧咏不要乱动。做完这些他就放心了，这样，他出去后，也能随时看到萧咏的状态。萧咏也很安心，她也随时能看到蓝枫走出去后的动态。

蓝枫先去了附近的那家医院，人不见少，连院子里都站满了病患者和家属。以前都是和牛德华一起来医院，现在变成一个人，短短几天，让他有种隔世的感觉，老爷子也去世了，自己已经有了孙儿的消息也不知道，连跪送烧点纸钱的机会老天都没给他！想到这里，他从口袋掏出了父亲的信，信有些褶皱，书写字迹也不像父亲平时那么苍劲。

蓝枫吾儿：

你看到此书时，为父恐殁矣，不告诉你病毒如何摧残我，是因为不想你照顾萧咏分心。为父壮年专事研究，疏于照顾你的母亲，才致使你母亲早早离开我们父子二人。故你要好好照顾萧咏，她是很不错的女孩子，她能成为你的妻子，我的儿媳，我为你感到骄傲，我认为这是你做的

令我最满意的事情了。

为父一生研究楚汉史，独不解思量人之心思，我若知，就不会让你母亲任劳任怨，为我们的家过度操劳，没跟我享福就离我们而去。我若知，就不会在你的青春叛逆期缺位，没有好好地引导你走出叛逆期，让你成长期更多些阳光，少些阴霾。

为父一生飘零，壮业不举，唯剩两个亲人，均没有得到我好好的照顾，每念及此，涕泪潸然，晚年尤甚。对不起，我向你道歉，虽然道歉的时间有点晚，只是我也没想过是用遗书的方式。

为父以为可以用其他的方式向你道歉，比如完成历经十多年潜心研究的《楚汉社会补遗》，让你为我自豪，来弥补我的愧疚。比如可以帮你带好你的孩子，我的孙子，授之以诗书礼仪、翰墨经典。但这些都来不及做了，《楚汉社会补遗》已经完成，也来不及做最后的审校，只能留给你和萧咏替我完成了。没有完成向你道歉的夙愿，还给你添麻烦，这让我很是不安。

此次疫情，来之汹汹，上至国家，下至平民，皆措手不及，无须怨尤。父唯愿你与萧咏平安渡过此次劫难，健康顺心，则心愿已矣。

大爱施国，小爱施家，愿你幸福。

父名不具

2020年1月18日

读完遗书蓝枫心如刀绞，父亲至死都在想着自己和萧咏，而自己却不曾给予父亲更多关爱和孝顺！

他颤抖着手擦去泪水，掏出手机，发现和萧咏的视频连线不知何时断掉了。蓝枫站立在大街上，没了爱人的视频连线，一下子感觉这个世界太大太空旷了，大到只剩下自己一个人孤零零地行走在人世间。想到这些，蓝枫心里无尽的哀痛又袭上心头，心里痛得再也无法抑制！

大街上没有他认识的人，他终于顾不得陌生人的侧目，站在街上放声大哭起来，把这段时间的悲痛、哀伤、疲惫化作眼泪倾泻而出，哭得在地上滚来滚去，路上往来的行人纷纷闪避。

哭了半天，他又坐起来，休息了良久，脸上的口罩也不知到哪里去了。他伸手摸摸口袋，发现没有带多的口罩

出来，他擦去了泪痕，准备站起来的时候，有个戴着口罩的小男孩跑过来，微笑着递给他一个口罩和几张纸巾。他赶忙站起来，接过口罩和纸巾，发现小孩的父母戴着口罩就站在不远处，牵手看着他。他赶紧连连鞠躬并致谢，小男孩也给他鞠了一躬，转身蹦蹦跳跳地跑了。

蓝枫拍打了几下身上的泥土。打上的士，去其他几家医院，每一家都是满满的人。蓝枫不想挤进去，他知道挤进去也没什么用，走出医院又打上的士，连着去周边好几家大大小小的医院，都是人头攒动。街道上人流很旺，现在大部分人都戴着口罩。

蓝枫打电话给刘雨佳护士，刘雨佳护士还是没有接听，也不见回复。蓝枫想打车过去看看，但又一想，恐怕他们现在忙得不可开交，跟附近几家医院的情况一样，估计好不到哪里去，他去江昌医院也无济于事。

蓝枫只好找到一个稍大些的药店，按照医生给的药方，又买了好多药，并一次性买了10打口罩，现在情况依旧不明朗，多买些药和口罩有备无患。

走出药店的时候，路边有广告屏播放着江城市万人宴的新闻，一下子刺痛了蓝枫。他的朋友死了！他的同学全家死了！他的老爷子死了！他心爱的爱人萧咏可能怀孕了，却不幸染上了病毒！此刻正经受人世间新型冠状病毒的折磨，连找家医院保障治疗的隔离病房都找不到。自己也染上了病毒，只是因为爱人而强力撑着，眼前糟糕的状况让他束手无策、一筹莫展，而别人正歌舞升平地举办万人宴。蓝枫不知道怎么描述自己的心情，一种咸咸的味道如鲠在喉，他提着一大袋药，因为悲愤，走路都有点踉跄了。

人世间大抵如此，有的人欢笑，有的人悲痛。蓝枫一时不知道该去哪里，医院人满为患，老爷子去世了，爱人怀孕了却得不到基本的医治，只能躺在家里。他自己也感染上了，爱人若再离开，他自己独活有什么意思？走在路上，他几次有摘下口罩大口呼气，把病毒传播出去的冲动，他的怨恨无处发泄："我和我的爱人本来都好好的，我未出世的孩子也应该是好好的！我的父亲也好好的！我的同学朋友也好好的！我们没有害人，我们凭着自己的努力活在这个世上，为何偏偏容不下我们？为何偏偏是我们染上病毒？既然无人管顾我们，那我们就一起死吧！"

让我们原谅蓝枫一时冲动的想法吧！他是无辜的，他

的爱人萧咏和他未出生的孩子是无辜的！他的父亲是无辜的！他死去的朋友也是无辜的！但我们的蓝枫并没有这么做！良好的家教让他想到了严厉的父亲，以及父亲留给他的遗书！死去的朋友牛德华和同学李成，以及无私地给予他关心和帮助、对他伸出友爱之手的几个医生和刘雨佳护士。蓝枫一生固然放荡不羁，但骨子里是善良的，他擦了擦眼泪，还是捂紧口罩，掏出手机，重新和萧咏连上线，看到他亲爱的爱人萧咏在视频里看着他。萧咏看到蓝枫了，立刻开心地笑起来。蓝枫心里立刻如有了阳光一样有了力量，既然找不到隔离病房治病，那就回家陪着他的爱人吧。

四十一

　　回家的路上，蓝枫拐到菜市场买了好多菜，尤其是蔬菜和鸡鸭鱼肉等。马上要过节了，他知道今年肯定回不了萧咏的父母家，疫情也不知道会怎么发展，他要办些年货。老爷子虽然去世了，但他要和亲爱的人还有她堂伯父一起过一个好年，何况爱人可能怀孕了，也需要补身子。

　　回家的路上，蓝枫接到了岳父打来的电话，岳父在电话中虽然很担心当下的疫情，但还是掩饰不住高兴，他已经从萧咏堂伯父那里知道了萧咏可能怀孕的消息。他嘱咐蓝枫在照顾好萧咏的时候，也要照顾好自己，多给萧咏煲一些有营养的汤羹。

　　"只是现在在关键时期，我们没办法过来照顾萧咏，让你多费心了。"岳父在电话中不无担忧地说。

　　"您说哪里话，萧咏是我的爱人，我和她是一家人，照顾她是应该的啊。我估计疫情搞不好很快会波及广东去，您和岳母年纪大了，你们一定要照顾好自己啊。"蓝

枫也嘱咐岳父。

"嗯嗯，我们当然会自己照顾好自己，不让你们担心，你应该把你父亲接过去和你们一起住，相互之间有个照应比较好。还有，现在是疫情期间，你们俩不要急着办婚礼，把自己照顾好，等你们小孩出世了，到时候补办婚礼也是一样的。"

看来萧咏堂伯父没有把老爷子已经去世的消息告诉岳父母，蓝枫觉得伯父这么做是对的，如果岳父母知道老爷子去世了，搞不好不管不顾地坚决要来江城，不仅帮不到蓝枫，还会增添麻烦。

扛着大包小包回到家的蓝枫装作一副若无其事的样子，萧咏问他买这么多东西干啥，蓝枫说这段时间尽吃些没营养的饭菜，快过年了，他想好好做顿饭。萧咏有些疑惑，但她也没说什么，她猜到蓝枫的意思，假如她的病情不能好转，恐怕只能待在江城过年。想到这里，她就释然了，有爱人在的地方，哪里都是家。

蓝枫准备做饭的时候，收到了刘雨佳护士打来的电话。刘雨佳护士不断地咳嗽，声音有些虚弱地告诉他一个令他震惊的消息：张医生因为连续一周多的时间加班加点，染上了新型冠状病毒，已经重度昏迷，正在抢救中。而她自己因为连续多天的加班加点，可能也染上了，今天上午开始自我隔离检查。刘雨佳把同科室另一个护士小王的电话告诉了蓝枫，嘱咐蓝枫注意身体，如果严重了，要马上和小王护士联系。

蓝枫一下子不知所措，医护人员是一个国家健康安全的最后防线，如果医护人员感染后都束手无策，那普通老百姓的情况可能就更糟糕了。

蓝枫已经不知道怎么办了，他强撑着做了好几道萧咏平时爱吃的菜，并学萧咏的做法煲了一锅很补的鸡汤。但萧咏起不了床，身体虚弱得连坐起来的力气都没有。蓝枫找来以前用的手提电脑桌，搬来几张大椅子，一并放在床头，七八道菜零零落落地摆在萧咏面前。萧咏其实没有一点食欲，但她不忍拂了爱人的心意，在蓝枫的帮助下，强撑着坐起来。蓝枫知道爱人没有力气拿起筷子，他用勺子一点一点地喂萧咏，有时故意卷着舌头吹着气，像喂小孩子吃饭一样，逗得萧咏满脸笑意。

蓝枫知道，若是在平时，萧咏保准笑得花枝乱颤，但现在他亲爱的爱人连开心大笑的力气都没有了，还怀着孩子！

一想到这里，眼泪又忍不住流下来。萧咏看到蓝枫突然流眼泪了，她心疼得想用力抬起手，帮蓝枫把眼泪擦掉，但她没有力气，手只能微弱地动了动，又无力地垂下去了，饱含无尽爱意与怜悯的眼光定定地看着她心爱的男人。

蓝枫意识到自己的失态，赶紧把眼泪擦掉，继续坚定且无声地喂着萧咏小口小口吃饭。以前他不强迫爱人吃饭，但现在不行，她怀着孕呢！虽然染上新型冠状病毒了，但不吃怎么行？

吃完饭，蓝枫收拾好碗筷，又开始打扫卫生，他以前做家务不怎么尽心，每次都是完成任务式应付。萧咏爱干净，蓝枫打扫完以后，她总要再细致地擦拭一下家居用品。今天蓝枫打扫得格外细致干净，现在爱人怀着孩子，老爷子去世了，他现在是一家之主。他要让爱人生活在一个更舒适更干净的环境里，潜意识里，他有些不知所措，不知道这个家以后还有没有，他只剩下萧咏一个至亲的人，他格外珍惜和他亲爱的爱人一起生活的家，他现在能做的，也只能是把家尽量打扫干净了。

打扫完家务，萧咏又睡着了。蓝枫走过去，坐在床头定定地看着萧咏清瘦又精致的脸，心想："这是我的爱人啊，这是我一生要生死相伴的伴侣，她怀了我的孩子，给了我一个家！我如何才能保护你们呢？我如何才能让你好起来呢？"如果能够交换，蓝枫会毫不犹豫将自己的健康与爱人交换！可现在他不能，他自己也感染上了，除了守护在心爱的人身旁，眼泪像溪水一样哗哗地流，做不了任何事情。

四十二

　　到了下半夜，萧咏痛苦的呻吟声把蓝枫吵醒了，原来他就趴在床边不知不觉睡着了。他赶紧擦去脸上的泪痕，定睛一看，萧咏的脸通红，身上烫得蓝枫不靠近都能感觉到。蓝枫吓坏了，赶紧抱着萧咏："我在呢，我在呢，是不是很不舒服？我去帮你拿湿毛巾。"蓝枫飞快地跑进洗手间，将毛巾湿了水，叠好敷在萧咏的额头上，他感觉自己脸上的汗珠也在淌，不知是紧张还是害怕，他的手一直剧烈地抖，他感觉萧咏命悬一线！在家只能按照医生开的药单进行普通治疗！而且萧咏怀了孕，他还不敢给她打针药！她的堂伯父还没到江城！大疫当前，作为国内顶尖专家，恐怕忙得不可开交，而他心爱的萧咏此刻需要得到抢救性治疗！刻不容缓！他给萧咏换了好几次毛巾后，萧咏依旧昏迷不醒，他轻轻地帮萧咏盖好被子，退出卧室，来到客厅，拿起电话，给小王护士打了电话。小王护士哭着告诉了他一个更绝望的消息：张医生经抢救无效去世了，刘雨佳进了重症监护室，医院好多医护人员都病倒了。

蓝枫彻底慌了，他从120、110一路打过去，无不是告知自己爱人染上了新型冠状病毒，还怀着孕，快不行了，请求派车派医生赶紧来救治。110始终回复，我们正将您的请求转到相关医院，而120始终占线。

蓝枫又给萧咏的堂伯父打电话，但始终打不通。蓝枫绝望了，他瘫坐在客厅中央，稍微冷静了一下，又回到房间。他的爱人萧咏依然昏睡不醒，他扑上去号啕大哭，寂静的夜里只有他的哭声特别刺耳，但是没有回声，一点都没有！只吓得窗外一只夜栖的鸟儿扑哧哧地扇着翅膀飞走了，附近小区的住户的灯光也被哭声惊醒，转而又灭了。

蓝枫哭累了，他已经哭不出声来，他无力地瘫坐在床边，双手放在萧咏身上痛苦地干号。

天大亮的时候蓝枫被萧咏的呻吟声惊醒，他这才发现自己哭着哭着睡着了，完全不知道时间。而萧咏昏迷了一晚上，居然醒了！蓝枫大喜过望，满脸鼻涕混着泪痕地喊着："你醒了，你醒了，你终于醒了。"喊完又像个小孩一样又哭又笑。

萧咏脸上现出一丝微笑，怜爱地看着眼前这个蓬头垢面

又哭又笑又跳的傻男人，她昨晚在昏迷中隐约听到这个傻男人打电话，似乎说自己怀孕了，心里突然生出无尽的勇气！她想坐起来，好好地抱着这个傻男人，但身体太弱了，抬起手的力气都没有，嘴角微微翕动着，蓝枫把耳朵附上去，听到萧咏断断续续地说："我想看你跳舞的样子。"

蓝枫连连点头："好，好，我跳给你看，我跳得可好了，我其实背着你经常偷偷地练习。我跳得不好，是故意逗你的，我真的跳得可好了！"

萧咏脸上露出了一丝微微的笑。

蓝枫赶紧手忙脚乱地收拾出房间的空地，他想跳舞给心爱的人看，他要让心爱的人开心，开心就有力量，心爱的人想要他做什么他都愿意，甚至此刻要换他的命他都毫不犹豫！

等蓝枫手忙脚乱收拾完房间，准备跳舞的时候，萧咏又昏迷过去了。

蓝枫无力地呆坐了一会儿，他又想起了自己的朋友牛德华，如果不是跟着自己折腾，也不会死在江城的荒郊野外！还有老爷子，何时死去的自己都不知道，送去殡仪馆，连跪送的机会都没有！现在自己的爱人也不行了，孩子当然也保不住，如果爱人再得不到抢救，这个世界上他就再也没有亲人了！良久，他拿起电话，又给萧咏的堂伯父打了个电话，还是无法接通。他理了理思绪，做了一个天大的决定，拿起手机，拨打了110。

"我杀人了，我杀死了我的爱人，她还怀孕了，我掐死她的，现在我投案自首。"蓝枫语气清晰地向接警小姐说。并详细地告诉了接警小姐具体地址和房间号。末了，他强调："我不知道她死了没有，我吸毒了，掐的时候没什么力气，反正感觉她已经死了。"

打完电话，他把萧咏的手机架和几根木棍又架起来，把手机牢牢地固定上去，调好视频。这次调得比较近，正对着脸，只要萧咏睁开眼，就能看到他，他也能看到萧咏醒来的样子。

做完这些，他还是不放心，又拉开窗帘，外面天依然阴沉沉的，对面小区的楼顶可以清楚地看到这个房间。他估摸着警察差不多要到了，十分不舍地看了又看、亲了又亲昏迷不醒的爱人萧咏，然后走出了门。他不仅没关门，还担心风吹过来把门关上了，又跑到楼道，找了两块砖头，将门顶在边上，这样门关不了，警察才能顺利进来。

四十三

　　蓝枫放心地离开了家。走出小区的时候，天上开始扬起雪花，他想了想，还是给刘警官去了个电话，把萧咏已经刻不容缓需要得到救治的情况跟他大致说了一下。

　　"但你也不能因此报假警啊，你知道这样做的后果吗？"刘警官在电话中为蓝枫的决定很是担忧。

　　"我知道，但我没办法了，我爱人怀孕了！她已经命悬一线，再不想办法抢救就很危险！"蓝枫在电话中哭着说。

　　"你这样，等等我，我马上赶过来，和你一起想办法。"刘警官知道蓝枫说的是实情，目前整个江城都处于十分恐慌的状态，几乎所有的患者只要有点咳嗽都吓得往医院跑，让整个江城的医疗系统不堪重负！这是他从警几十年来从未遇到过的现象。所有的社会机器，所有人都投入在这个前所未遇的恐慌中。以公安系统来说，本来该退休的已经延迟了，已经退休的也重新紧急返聘回来了。连还没有毕业的，也匆匆提前从学校奔赴一线上岗！连续工作多天得不到休息的警务人员比比皆是！蓝枫的爱人找不到医院得到救治，确实没有办法，有多少人连检查的机会都没有得到，就撒手人寰了！

刘警官临时请了紧急假，拉上小王警官，匆匆开车向蓝枫家里飞奔而去。

跟刘警官通完电话，蓝枫直接来到对面小区，坐电梯到顶层后，又穿过楼道，来到楼顶。看到家里房间没有任何人来到，他打开手机，惊讶地发现他的心爱的人居然醒着，他赶紧说："我在这呢，我在这呢。"

萧咏也看到了视频里的蓝枫，只是她说不出话来，勉强报以微笑。

蓝枫看到萧咏笑了，开心得不行，他大声说："你不是要看我跳舞吗？我现在跳给你看啊。"说完，他环顾了一下楼顶的环境，从楼顶向雪花飞舞的江面望过去，对面的黄鹤楼若隐若现，江面几艘轮船，似乎也因为怕冷，孤零零地泊在江面一动不动，显得十分萧瑟。

楼顶倒是很空旷，整齐地铺了一层防雨空心砖，只是砖砌的围栏高了点，到了蓝枫的腰部，如果就在楼顶跳的

话，他的爱人肯定看不到下半身的动作。但与围墙平行的承重墙部分，倒是很宽，是个很不错的平台，上去跳舞还是没问题的。

这时，蓝枫看到一辆警车和一部救护车疾驶而来。蓝枫赶紧将手机靠在楼顶一个废弃的桌子上固定好，他能清楚地看到爱人微笑着。他要赶在警察把自己爱人抬上救护车前，为心爱的人舞一曲，让心爱的人接受治疗时更有力量！

他跳上围墙，没有音乐，他屏气凝神细想了一下音乐的节奏，大脑里回想着为爱人伴舞的音乐，缓缓起舞。每一个动作他都做得相当小心和仔细，虽有些紧张，但爱人教他的一些动作技巧，他都能很自然地展现出来。

雪下得有点大了。跳到一半，他停下来，他从窗户里看到警察走进他的房间，他赶紧来到手机前，又通过窗户望望房间，几个警察在他的房间进进出出，其中有两个穿着白大褂的警察在他的爱人面前检查着什么。蓝枫清楚地看到爱人萧咏脸上露出了惊疑的表情，又微微转过头，微笑地看着视频中的蓝枫。

只要能让爱人得到救治，其他的任何事情都是次要的！他不能再失去唯一的亲人！

蓝枫再次爬上平台，他要把刚才跳了一半的舞蹈为心爱的人继续跳完。雪花大朵大朵地飘扬着，蓝枫脑子里充满了为爱人伴舞时的轰响，他的舞姿虽然略显夸张，但一板一眼与节奏契合。他回想起第一次为爱人似吟似唱似泣，即兴朗诵《归去来兮》诗词的情景，那一次让自己的爱人得到灵感，将空灵的鹤舞演绎得淋漓尽致！

警察在房间里进进出出，蓝枫又听到一阵刺耳的救护车的警报声自远而近地驶来，须臾，家里又多了几个穿着白衣服的警察，还抬着拎着几台仪器！蓝枫开心极了，他更加激情肆意地挥洒着舞姿，仿佛跳舞的不是自己，而是他的爱人！

风刮得正紧，蓝枫满脸是泪，视线已经模糊得看不清周围的一切，他不敢停，医生在抢救，爱人也在看着他，看着他，爱人就有信心！就有力量配合医生治疗！

有个警察进来就看到了架在床边的手机，也看到了站在楼顶的蓝枫，没有说话。而是作为观众，完整地目击了这一幕，他始终没有关闭链接的视频。

蓝枫依然舒展着身躯，舞姿更加自在、轻松以及熟

练，仿佛爱人就在他身边，他配合着心爱的人的每一个动
作，腰部也极度灵活，完美地配合着他想要舒展的舞姿，
天空扬着的雪花像一只只归来的黄鹤，也围绕着他和心爱
的人翩翩起舞。为爱人伴舞时一起跳跃他觉得特别轻盈，
轻盈到身躯随着雪花一起坠落时都有无尽的舒畅感，直到
瘫软在楼顶平台上。

我在找你

我在东湖边上遇到你啊，

徜徉在野荷里，

惊恐地东张西望咧，

我小心走近你，

却没有能力保护你。

你在那里翩翩起舞啊，

迷失了我的眼睛，

我忘了你是仙鹤咧，

终向远方飞去。

我还是失去了你。

我在江城街头寻找你！
我在古琴台庭院里寻找你！
我在你栖息的黄鹤楼顶寻找你！
我爬上龟山之巅寻找你！
我在梦里寻找你！
生，要找你！
死，要找你！

四十四

好大的雪啊！在蓝枫的印象中，江城已经好久没下过这么大的雪了！大朵大朵的雪花像棉絮一样落下来，铺盖在蓝枫的身上、脸上，他感觉到一阵凉意，驱赶着跳舞时跳出的满身的汗珠。

天旋地转，连雪花落地的声音，也在向四面八方旋转！一切都很静谧！又很汹涌，周围的一切都在排山倒海地旋转着！他再次晕厥过去！

蓝枫感觉身体轻飘飘的，如同在云中飘浮，恍惚中回到了过去。他看到自己一路蹦蹦跳跳地回到同兴里的家，吱呀一声推开院门，妈妈正在做饭呢，爸爸在书房喝茶，院子里开了好多好多的花，各种花开得娇艳无比！有蜜蜂，有蝴蝶，哦，还有一些小苍蝇在飞舞，院子里的一个小池塘啊，几条小鱼在游着。妈妈笑盈盈地走出来，爸爸也微笑着走出来了，第一次看到爸爸笑呢，爸爸居然也会笑，好奇怪呢。爸爸出来摸着他的头，好慈祥，好温暖啊。妈妈牵着他的手，他们一起走进客厅，客厅八仙桌上摆满了菜，热气腾腾，都是妈妈亲手做的呢，好香，真的好香，蓝枫闭着眼闻了一下，嗯？怎么突然黑了？怎么全都黑了？爸爸呢？妈妈呢？啊，好晕啊……"爸爸，爸爸……""妈妈，妈妈，你们在哪儿？你们去哪儿了？"

没有回音，没有回音！一点都没有！深渊！无尽无底旋转的深渊！坠落！坠落！坠落！

"爸爸。""妈妈。"

…………

蓝枫拼命挣扎，他双手乱舞，想抓住什么东西，抓到了！这无尽无止的深渊，他感觉抓到了什么东西，好了，现在安全了，先歇歇，歇歇，好累啊……爸爸妈妈去哪里了？都怪我，我干吗要闭眼睛！一闭眼爸爸妈妈就都看不见了！不行，我要把眼睛睁开！睁开就能看见爸爸妈妈了！

他似乎又看到了心爱的人萧咏，正在艺术学院排练厅舒展舞姿，正在黄鹤楼顶如黄鹤般飞翔，正在古琴台浅吟低唱，一曲《高山流水》在爱人纤细的指尖缓缓流淌……

他拼命地睁开眼睛，哦，白色，看到光亮了，白晃晃

的，白的墙，白的灯，白的床，都是白的。这是哪儿啊？哦，还有人，还戴着口罩！好烦啊，我不想看到人，我不想看到口罩！都是口罩惹的祸！为什么要戴口罩呢？自由自在地呼吸多好！自由自在地洋溢笑脸多好！

…………

还是闭上眼吧，闭上就什么都有了，有爸爸，有妈妈。哦，牛德华，我的兄弟！似乎站在医院门口，向他招手微笑！还有刘雨佳，她竟然也来了，还捧着一束花。

爱人，我心爱的人萧咏，洋溢着笑脸，正款款地走来，就如那次抽奖一样！

致 爱

我看见自己站在窗外那片被月光染亮的宽阔江边

竟固执地要做一只在夜晚飞行的孤鹤

只因那片月光、那片江面

有着温柔的江风在牵引

我看见自己站在古琴台边

一座似雪非雪的房子——

白的地板、白的吊灯、白的墙壁，还有白的薄纱——

空旷、悲戚、洞悉、缠绵、纯美

只因为它们飘着、飘着

而浸入其中的灵魂，苦楚的灵魂

在逐纱舞动——

没有音乐的时候，一个人的舞动

我看见自己躺在黄鹤楼顶临空的琉璃瓦平台上

万籁俱寂，黑暗吞噬

手指间还在缠绕——

左右上下缠缠又绕绕

泪儿洒落，荡起一层幸福的光晕

终于，挂在天幕

一颗一颗，一点一点，亮了呀

今夜星光灿烂，映着你的笑

我在平台上终可睡去——

如梦般消逝

后记

　　昨天看到新闻，作为疫区中心的武汉传来了新增病例为零的消息，回首新冠肺炎疫情发生的两三个月，从最初的混乱无序和无措，到现在武汉降为疫情中风险地区，这期间所发生的众多故事，令人不胜唏嘘。本书所描述的也仅仅是混乱状态下的一段爱情故事，仅仅是用小说描述疫情发生初期的一段故事。

　　动手写这部小说的时候，正值春节期间。那时候全国上下应对新冠肺炎疫情，不说无序，用混乱来形容恐怕一点都不为过。尤其是武汉，不仅仅是新冠疫情下信息传达混乱，医院混乱，人心混乱，连封城后的生活保障也是混乱的。各种网络视频和信息轰炸使得人心惶惶，太多求助和求援的信息不断从我的家乡发出。

　　我的家乡不是这样的！家乡的春天生机勃勃，池清鱼翔，草长莺飞；夏天艳阳高挂，树叶浓密，鸟语花香；秋天金黄遍野，麦浪翻滚，人们笑语连天；就连萧瑟的冬天，小店热气腾腾，雾化了飘零的雪花，也遮盖不住人们红扑扑的脸庞上洋溢的笑脸！

我是湖北人，我爱我的家乡。因为爱，当很多次因工作和事业的原因，需要将我的户籍迁移到我居住的城市的时候，我都选择了放弃，我担心户籍迁移了，我再也回不去我的家乡了。户口留在那里，感觉根还是在家乡。

我必须为家乡做点什么！我不能仅仅让世人听到这片被厚重的文化滋养的土地，在遭遇措手不及的灾难时只能发出苍凉的呐吼！我不能让漫天飞舞的眼泪浸润我家乡的那块土地！我不能让我的家乡上空只飘荡着招魂幡！

谁说我的家乡不可爱？谁说我的家乡不能生长抗击的力量？固然，时代的一粒灰，落在每个人头上就是一座山，但并不等于我们失去了抗击的勇气！并不等于我们可以弯下腰任灾难肆虐！并不等于我们失去了爱！失去了活着的勇气与力量！

当火神山、雷神山医院，应收尽收的方舱医院快速建起！当武汉重启暂停键，当海外华人纷纷涌回国内寻求庇

护的时候，就是对质疑者最好的回答！歌唱祖国，歌唱
爱，歌唱这片滋养我们的厚重的土地，才是我们生生不息
活着的力量！

刘晓东

2020年3月28日